Im inneren Garten

Aphorismen,
Gedichte und Texte

von Markus Stockhausen

2. erweiterte Auflage

Internet: www.markusstockhausen.de
Zeichnungen: Markus Stockhausen
Buchgestaltung: www.lisazimmermanns.de
Gestaltung Einband: Birgit Engel

ISBN 978-3-00-056401-7

Die Deutsche Nationalbibliothek verzeichnet diese Publikation in der Deutschen Nationalbibliografie; detaillierte bibliografische Daten sind im Internet über http://dnb.d-nb.de abrufbar.

Liebe Leserin, lieber Leser,

meine Aphorismen, Gedichte und Texte sind zu ganz verschiedenen Zeiten entstanden, teilweise in den achtziger Jahren, und dann sporadisch immer wieder, bis heute. Ein Kaleidoskop von Gedanken.

Ich schreibe immer nur dann etwas auf, wenn ich ein spontanes, deutliches Gefühl einer Sache habe, wenn sich mir innerlich etwas aufdrängt, das festgehalten werden will. Ausnahmen sind einige längere Texte zur Musik und eine einleitende Sammlung von Aussagen zum Thema Intuition aus verschiedenen Interviews.

Ich bin mir bewusst, dass Worte nichts sind im Vergleich zur unendlichen Vielfalt und Schönheit von Gottes Natur. Auch können sie immer nur Aspekte ausdrücken, Teilwahrheiten. Sie sind gedacht als Bereicherung für alle, die sich daran erfreuen und darin eine Anregung finden können.

Mein besonderer Dank geht an meine geistigen Lehrer und Inspiratoren, die mich auf meinem Weg begleitet haben: Zuallererst mein Vater Karlheinz Stockhausen, dessen Musik und Ideen mich seit frühester Kindheit prägten; er schenkte uns Bücher des indischen Musikers und Mystikers Hazrat Inayat Khan, den ich seither verehre; der französische Lehrer und Philosoph Frédéric Lionel, der im Hause meiner Mutter viele Vorträge und Meditationen gab; der zyprische Lehrer »Daskalos« Stylianos Atteshlis, dem ich drei Mal begegnen durfte; der indische Weise Sri Nisargadatta Maharaj, dessen Lehren mich über viele Jahre intensiv inspirierten, und dann vor allem mein lieber Lehrer Frank Duval, bei dem ich 15 Jahre lang lernen durfte.

Weiter danke ich Silke Kirch und Kurt Kreiler für die hilfreiche Durchsicht meiner Texte, Birgit Engel für ihre wertvolle Hilfe bei der ersten Buchherstellung, und Jeremy Deacon für die Korrektur der englischen Schriften. In dieser zweiten, erweiterten Auflage sind etwa fünfzig neue Texte hinzugekommen. Lisa Zimmermanns hat nun alles wunderbar neu gesetzt.

Ihnen, verehrte Leser, wünsche ich eine inspirierende Lektüre.

Markus Stockhausen

Der Ton kündet vom Unhörbaren

Aus verschiedenen Interviews über Intuitive Musik, Meditation, Stille

Was ist die Verbindung zwischen Musik und Meditation?

Sie ergänzen sich sehr gut. Ich habe erkannt, dass jeder von uns Tausende von Mustern in sich trägt, die, wenn man in die Freiheit gelangen will, aufgelöst werden müssen, und das kann man sehr sehr gut in der Stille, im Betrachten. Erst wenn sich der Schleier lüftet, wird das, was dahinter liegt, sichtbar. Sich entwickeln heißt, dass da etwas abgewickelt wird, was die Sicht verhindert. Wenn man alle spirituellen Traditionen vergleicht, kommt man immer wieder zur Meditation. Sie ist einfach das Handwerkszeug. (...)

Immer wieder erlebe ich, dass die Musik ebenso die Möglichkeit besitzt, Zeit und Raum hinter sich zu lassen. Dass man in eine andere Intensität des Erlebens, der Wahrnehmung gelangt. Man bekommt plötzlich dieses Glücksgefühl der Freiheit. Da gibt es keine Angst, keine Sorgen, kein gar nichts. Da ist nur das, was jetzt ist, der Klang, oder die Stille.

Kürzlich bei einem Seminar war ein älterer Herr dabei, der schon viel Meditationserfahrung hatte. Er saß einen ganzen Nachmittag lang auf seinem Stuhl, während wir sangen, still waren und wieder sangen, und war ganz innig in sich. Ich fragte ihn nachher, was er erlebt hat. Er sagte: »Ich habe einen neuen Weg kennengelernt, den inneren heiligen Raum zu erfahren.« Ich freute mich, denn das ist mein Ansatz, dass über Klänge ein unmittelbarer Weg zur Stille möglich wird. Etwas ist geschehen im Klang und es schwingt in uns nach. Nach einer Weile verklingen die

Töne und wir betreten einen Raum, einen stillen Raum, der oft erst mal gar nicht still ist, weil Erinnerungen, Gedanken oder Wahrnehmungen kommen.

Ich versuche dahin zu führen, dass wir uns als Bewusstsein erfahren. Ich sage zum Beispiel: »Seid bewusst bewusst zu sein, seid präsent, seid in eurer Mitte.« Und dann lasse ich jeden frei zu fühlen, was seine Mitte ist. Aus vielen Seminaren weiss ich, dass die Menschen dabei sehr unterschiedlich empfinden. Man kommt in diesen heiligen Raum der Stille, und der ist in gewisser Weise unspektakulär, aber er ist frei.

Was geschieht in deinen Seminaren, wenn die Leute miteinander singen oder improvisieren und in die Stille gehen und wieder singen, harmonisiert sich da etwas zwischen den Menschen?

Ja. Bereits nach wenigen Stunden gemeinsamen Musizierens entsteht eine tiefe Vertrautheit mit den anderen. Der Schlüssel ist das Hören. Wenn ich auf die anderen höre, dann reagiere ich auch auf sie und eine Kommunikation beginnt. Mit fünfzig Prozent der Aufmerksamkeit kann man ganz bei sich selber sein, mit eigenen Ideen und Gefühlen, aber gleichzeitig, und das ist nicht leicht, sollte man mit fünfzig Prozent der Aufmerksamkeit im Umfeld sein – wer spielt oder singt da gerade alles, mit welchen Klangfarben, welchen Tonhöhen, entscheide ich mich höher oder tiefer oder in derselben Lage zu spielen, will ich etwas unterstützen oder kontrastieren usw. Es gibt viele Gestaltungselemente, die wir beim Musizieren benutzen und bewusst wählen können.

Also, es geht um Bewusstheit! Insofern ist das intuitive Musizieren oder das gemeinsame Singen immer auch eine Bewusstseinsschulung – wieviel bekomme ich von den anderen mit und wie beziehe ich mich darauf? Es ist ein sozialer Prozess, der sich im Laufe von Stunden, eines Tages oder mehreren Tagen entfaltet. Erwähnt werden sollte auch, dass das Ganze sehr viel Spaß macht. Alle kommen immer mehr in die eigene Kraft.

Was suchst du mit deinen neuen Formen der Musikvermittlung ?

Ich möchte neue Rituale schaffen! Mehr als die paar Feste, die man im Jahr feiert. Jedes Konzert, jede Klangmeditation, jedes Seminar hat etwas Rituelles. Die Basis ist das Gemeinsame, dass eine Gruppe von Menschen etwas gemeinsam erleben möchte. Es geht immer um die Gestaltung, es ist eine Komposition. Da gibt es eine Aufwärmphase, einen Höhepunkt, irgendwann ein Abklingen, zwischendurch Stille-Momente ... immer findet eine bestimmte Gestaltung statt, die wirkt.

So etwas auch im öffentlichen Raum mit Menschen zu machen, die dasselbe Bedürfnis haben, macht eine Tür auf. Es zeigt, dass es neue Formen gibt, wie man mit Musik das Leben feiern kann, wie wir uns feiern können in unserer Kreativität, in unserer Spiritualität, in unseren Urbedürfnissen der Gemeinsamkeit. Die wichtigsten und schönsten Momente sind für mich, wenn die Musik zu anderen Menschen fließt, wenn eine Kommunikation stattfindet.

Warum gehen mehr Leute in Konzerte als in die Kirche? Weil Musik ein nicht-mentaler Raum ist. Sie ist nicht durch mentale Strukturen geprägt, durch Wörter, Sätze, Konzepte. Musik hat andere Strukturen, die aber nicht so belegt sind, sie sind freier. Und damit kann sie sehr schön zur Stille überleiten. Und umgekehrt, aus der Stille können wir dann sehr frei auch die nächsten Klänge entstehen lassen.

Für mich ist Musik der freieste Raum. Und das Wesentliche für mich ist: Wir können uns darin erneuern. In dem Moment, wo wir frei sind von den gewohnten Inhalten unseres Bewusstseins, von gewohnten Identifikationen, schaffen wir die Möglichkeit, uns zu erneuern und nicht immer auf vorgegriffene, vorgefertigte Formen zurückzugreifen, sondern immer wieder von diesem leeren Raum auszugehen.

Was ist Intuition für dich?

Intuition heißt unmittelbares Erkennen. Dass ich mich selbst in einen Zustand versetze, in dem ich lausche, in dem ich innerlich höre und dem Hören folge. Das kann man jetzt auf alle möglichen anderen Lebensbereiche übertragen, aber in der Musik heißt es für mich, innerlich still sein, den nächsten Ton, den nächsten Klang innerlich hören und dann umsetzen.

Und wenn man nichts hört oder spürt, finde ich es sehr wichtig, dass man nichts macht und nichts spielt; dass man sich nicht unter Druck setzt, etwas spielen zu müssen oder etwas leisten zu müssen, sondern nur dann spielt, wenn man es auch wirklich spürt.

Wir sprachen gestern darüber, dass es reicht, den nächsten Schritt zu sehen. Und dann sieht man auch nicht alle Schritte, die daraus wieder folgen werden. Aber den nächsten Schritt zu erkennen und den vertrauensvoll zu gehen und dann zu wissen: Wenn ich den nächsten Schritt gegangen bin, dann werd' ich schon den über- nächsten auch sehen. Aber den muss ich nicht vorher kennen.

Was ist, wenn Du den nächsten Schritt nicht weißt?

Warten. Nicht übereilt falsche Entscheidungen treffen aus dem Verstand heraus, aus dem inneren Druck, ich muss jetzt und unbedingt, weil man von der Welt oder den anderen unter Druck gesetzt wird, nein, warten. Und das Nächstliegendste tun, zum Beispiel aufräumen ...

Und wenn man nichts weiß, warten. Und wenn man immer noch nichts weiß, noch warten und noch stiller werden innerlich. Und sich bereit machen, dass man offen ist für eine Eingebung. Die kann auch kommen aus einem Satz, den man in einem Buch liest oder in einer Zeitschrift, oder jemand ruft plötzlich an und gibt einen Tipp. Also es ist nicht nur so, dass es immer von Innen kommt. Das Universum spricht mit dir. Plötzlich berührt dich irgendetwas oder man bekommt einen Wink. Das gehört mit dazu.

Vielleicht kannst Du hier einmal auch für Nicht-Musiker erklären, was »Intuitive Musik« bedeutet. Viele denken da sicher: Jetzt spielen die Musiker einfach aus dem Bauch heraus ...

Das ist ja auch nicht falsch. (lacht) Das Gefühl leitet einen beim Spielen. Bei der intuitiven Musik bin ich als Musiker erstmal in einer neutralen Position, wenn ich auf die Bühne gehe. Ich habe nichts Bestimmtes vor, sondern öffne mich der Intuition des Augenblicks. So entwickelt sich aus einem ersten Ton ein Klanggebilde, das unmittelbar mit diesem Moment zu tun hat.

Wenn ich mit mehreren Musikern zusammen spiele, bringt jeder natürlich seine eigene Energie, seine Phantasie, sein Spielkönnen mit ein. Daraus entsteht ein hoch- komplexes, vielschichtiges Geflecht von Impulsen, die ich alle wahrnehmen kann – wenn ich es denn kann, denn das ist schwer. Da spielt auch der Kopf eine Rolle, denn es geht darum, zu dechiffrieren: Was spielt der andere gerade für einen Akkord, was für eine Skala, welchen Rhythmus, in welcher Lage? Darauf beziehe ich mich dann möglichst bewusst. Wenn ich es nicht wahrnehme, dann bin ich wie der Elefant im Porzellanladen.

Intuitive Musik ist ein Prozess, bei dem man sich aufeinander einlässt und sich Raum gibt. Dafür muss das Ego zurücktreten können, damit man den anderen genauso viel Raum lässt, wie man sich selbst zugesteht. Das ist ein soziales Geschehen, was sehr viel Rücksicht und Sensibilität fordert, auch die Fähigkeit, andere mit ihren Ideen zu unterstützen.

Es geht also um eine bestimmte Bewusstseinsschulung, die dann auch die Voraussetzung für ein intuitives Musizieren ist?

Genau! Neben den musikalischen Fähigkeiten braucht es soziale Kompetenzen und eine gewisse Sensibilität, sonst kann es nicht funktionieren.

Du sagtest einmal, dass Du mit Deiner Musik dem Schönen und Wahren Ausdruck verleihen willst. Gibt es da auch Platz für die Schattenseiten des Lebens?

Natürlich, die haben genauso ihren Platz. Musik lebt ja von Spannung und Entspannung, Trauer und Freude, ich kann Akzente setzen und kann eine musikalische Entwicklung in eine destruktive oder eine positive Richtung lenken. Es entspricht einfach meinem Naturell, dass ich auch die sogenannt negativen Schwingungen des Lebens ausgleichen will. Auch die Natur ist ja bemüht, immer wieder einen harmonischen Zustand herzustellen.

Hinzu kommt, dass Klänge etwas sehr Tiefes in uns berühren können. Letztlich haben wir ja alle in uns eine Instanz, die jenseits der quirligen, verstandesmäßigen Ebene existiert. Wir tragen diesen Keim in uns, ob du das jetzt das Absolute, Gott oder deine Buddha-Natur nennen willst. Die Musik kann uns einen Zugang zu dieser Quelle geben. Das sehe ich als meine Aufgabe als Musiker, eine Musik zu machen, die Menschen in dieser Richtung etwas anbieten kann.

Wo siehst Du die Möglichkeit der intuitiven Musik?

Ich sehe sie als einen sensiblen, kreativen Bereich, der neben der klassischen oder zeitgenössischen Musik, neben dem Jazz, neben der Folklore, neben allen anderen Arten von Musik zunehmend seine Berechtigung hat. Der Musiker lernt schöpferisch mit seinem Instrument oder mit seiner Stimme umzugehen, dieses Hinhorchen auf das Innere, auf das, was sich unmittelbar in ihm regt und was er zum Ausdruck bringen will, im Jetzt.

So miteinander Musik zu machen ist wie das Intimste, was man aus der Privatsphäre kennt. Gerade wenn man miteinander improvisiert, offenbart sich der ganze Mensch. Seine Phantasie, seine Empfindungsfähigkeit, seine Kommunikationsfähigkeit – alles wird offenbar, und man ist sich sehr nahe. Viele scheuen diese Nähe, haben Angst, sich so zu »outen«. Aber für die, die es wagen, ist es einfach beglückend. Das ist eine andere Form von Liebe.

Für mich ist es, wenn man es ernst nimmt, die herausforderndste Art Musik zu machen, aber auch die natürlichste und erfüllendste. Ich setze mich dafür ein, weil ich diesen Freiraum spüre, der sich da auftut, der gefüllt werden will. Und bei vielen Konzerten erlebe ich, dass das Publikum begeistert dabei ist und zuhört, weil es irgendwie spürt: Da geschieht ein kreativer Prozess, und der Zuhörer er-lebt sich als ein Teil davon, auch wenn er jetzt nicht selber mitspielt. Aber er erlebt diesen schöpferischen Akt im Moment als etwas Spannendes, als etwas Authentisches, auch weil man ja nicht genau weiß, wo geht es jetzt hin,was kommt als nächstes. Das Publikum ist innerlich beteiligt und nimmt etwas mit nach Hause von diesem Freiheitsmoment, von diesem Gefühl: Schöpfung geschieht jetzt!

Du hast davon gesprochen, dass es auch für andere Lebensbereiche wichtig ist. Wo siehst Du die Bedeutung der Intuition für unsere Zeit?

Ich sehe sie für Jeden im Alltag, überall. Ich finde es wichtig, dass die Menschen nicht nur ein- oder zweimal im Jahr in Urlaub fahren, sondern jeden Tag, zwanzig Minuten oder eine halbe Stunde, dann hat man sich (und anderen) viel Ärger erspart. Wenn wir uns jeden Tag selber Raum geben, auf das Innere zu lauschen, dann haben wir quasi ein Autokorrektursystem. Die dringendsten Nöte, Sorgen, Dinge, die sonst übergangen werden, die erledigt werden müssen, die melden sich dann. Und wenn wir dann innerlich in einen Freiraum kommen, frei von dem Gewesenen, frei von dem, was als nächstes geschehen wird, und mindestens zwanzig Minuten einmal stille sind und lauschen innerlich, immer stiller werden, bereit sind, uns empfänglich machen, uns leer machen, dann öffnen wir uns dem, was uns unsere Seele zuraunen will, was uns unser Geist, unsere Inspiration, was uns das Universum als Ganzes zuraunen will.

Intuitiv erfasst man Zusammenhänge oder bekommt eine Inspiration, eine Eingebung, in welche Richtung man zu gehen hat oder was man zu tun hat. Wenn man dem folgt, auch manchmal, ohne es noch zu verstehen, und dieses Gefühl kennenlernt, wie es sich anfühlt, intuitiv zu handeln, oder auch dann als Musiker intuitiv zu spielen, dann ist das ganz etwas anderes, als sich auf das Vorbereitete, auf das Schematische, auf das Konditionierte, auf das Gewohnte zu verlassen.

Das Intuitive ist immer frisch und neu und zu der Situation passend. Es gibt eine Intelligenz, die größer ist als unser Verstand, die Dinge überblicken kann und Verbindungen sieht und knüpft, die wir mit dem normalen Verstand nicht erfassen können. Das intuitive Erfassen führt zu Ergebnissen, die wir manchmal erst nachher verstehen, dass es genauso und nicht anders hätte sein dürfen, wie es gekommen ist.

Also können wir mit der Intuition umgehen lernen, mit diesem leisen inneren Wink, der leisen Stimme. Die ist ja nicht laut, sondern es ist eine Ahnung, oft nur ein ganz sachtes Gefühl. Das muss man kennen lernen: Wie fühlt sich das an, worauf habe ich denn da innerlich zu hören? Es gibt ja viele Stimmen innerlich, die alles Mögliche von einem wollen, aber dann zu wissen, zu unterscheiden: Nein das nicht, sondern das. Und dazu muss man stille werden. Insofern kann man die Intuition schulen, dieses feine Hinhorchen auf das Gefühl, die innere Stimme. So kann man günstige Situationen erschaffen, und man trifft gute Bedingungen an und der Weg geht glatter, ohne große Abstürze oder Unfälle, sondern man fühlt sich geführt.

Das Universum meint es im Grunde genommen gut mit uns. Wenn man die Zeichen erkennt, dann bekommt man immer rechtzeitig eine Warnung: Pass auf da, es geht in die falsche Richtung. Das Intuitive warnt einen. Man kriegt immer Zeichen, und wenn man sie zwei-, dreimal überhört hat, weil man nicht hören wollte: Ja dann, wer nicht hören will, muss fühlen. Dann muss man es nachher ausbaden. Okay, geht auch, aber in vielen Fällen hätte es nicht sein müssen. Und da ist die Intuition im praktischen Leben wirklich hilfreich.

Es geht darum zu vertrauen, dass der Impuls, den ich jetzt wahrnehme, stimmt, auch wenn ich ihn nicht gleich ganz erkennen kann. Der Eingebung zu vertrauen, ist die Grundlage.

Das Intuitive gehört in alle Gesellschaftsbereiche hinein, dass man sich traut, neue Lösungen zu finden und neue Wege zu gehen. Wir erleben das Scheitern der alten Wege jetzt eben auf vielen großen Ebenen, das Festhalten an alten Machtstrukturen oder alten Finanzkonzepten oder Kriminalität. Wir kommen da nicht weiter als Menschheit. Und das ist traurig zu sehen. Nach meinem Gefühl befinden wir uns in einem erbitterten Kampf, in dem sich Kräfte gegenüberstehen. Da finden noch Dinge statt auf diesem Planeten, die auf ganz alten Mustern, auf Angststrukturen, Machstrukturen basieren. Und wir ringen in der heutigen Zeit darum, das Ruder herumzureißen in eine harmonische Richtung, in eine unterstützende Richtung, in eine gemeinschaftliche Richtung, in eine wirkliche soziale Richtung.

Gerade heute müssen wir alle Kräfte mobilisieren und auf schöpferische Art und Weise die Menschen wieder daran erinnern, dass die Quelle in uns liegt, und dass sie freigelegt werden möchte durch alle diese Blockaden hindurch, dass sie sprudelt und dass jeder Zugang zur Intuition hat und daraus handeln kann.

Stellen wir uns eine erleuchtete Gesellschaft vor, in der jeder sich selber folgen kann und gleichzeitig so achtsam und bewusst ist, dass er alles, was um ihn geschieht, wahrnehmen kann – das können wir natürlich nie hundertprozentig, aber doch zu einem gewissen Grade. Dann passt die eigene Intuition sich ständig an das an, was jetzt ist.

Ich nehme wahr, wie eine Situation ist, und tue meinen nächsten Schritt, der jetzt in dieser Situation passt. Ich handele nicht, nur weil ich dies will oder weil ich jenes richtig finde, sondern ich sehe, dass es gar keinen Sinn macht, der Situation etwas überzustülpen. Ich tue das, was in dieser Situation harmonisch ist.

Wir können das Intuitive auf ganz einfache Kriterien reduzieren, die jeder sofort in sich umsetzen kann: Fühlt sich das gut an, was ich tue, oder der Ort, an dem ich bin? Oder das, was ich gerade denke, fühlt sich das gut an? Tut mir das gut, oder tut es meiner Umgebung gut? Verhalte ich mich so, dass sich die Menschen um mich herum wohlfühlen? Tut mir die Arbeit gut, die ich tue? Kann ich da mein Potential entfalten? Und wenn nicht, dann kann ich doch fragen: Was würde mir denn gut tun, oder wozu hätte ich denn eigentlich Lust?

Dieses Wörtchen «eigentlich», das liebe ich, denn das deutet immer hin auf das Wesentliche in mir, eigentlich würde ich viel lieber das tun, eigentlich ...

... das Eigene ...

Ja, das Eigene. Und das heißt doch das Schöpferische in mir. Dieser Impuls, der mir sagen will: Mensch, warte nicht noch zehn Jahre oder noch zwanzig Jahre, oder glaube nicht, dass es jemand anderes für dich richtet. Nein, du selbst musst Dich dazu durchringen, den Mut haben aufzustehen und zu sagen: So jetzt reicht es, oder jetzt reiße ich das Ruder herum, oder ich wage es, das, was ich schon immer wollte, umzusetzen. Und in der Regel klappt es. Man erlebt da vielleicht eine Durststrecke oder so ein

Niemandsland für eine Weile, ehe sich die Kräfte um einen selbst neu geordnet haben. Aber wer sich aufmacht, der findet.

Quelle: Eine Zusammenstellung aus Interviews von Reinhold Dyroff für das Schöpferischen Zentrum OASE, Dezember 2012; von Michael Ishu Lohmann für die Osho Times, Januar 2014; von Renata Keller und Anna- Kartharina Dehmelt für evolve Magazin für Bewusstsein und Kultur, www.evolve-magazin.de, Januar 2015

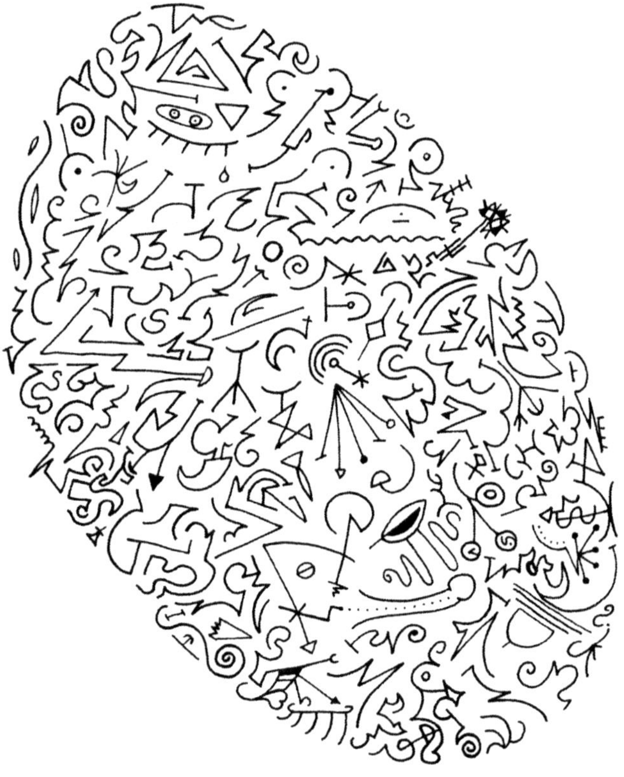

Schöpfung

Die Idee

der Gedanke

das definierte Ziel

der Wille

das konzentrierte Tun

ein Ergebnis

Loslassen des Ergebnisses

Leere

Neubeginn …

Wo immer

Wo immer du bist, was immer du gerade tust,
wenn du jetzt im Frieden und in der Liebe sein kannst,
ist alles gut.

Bedingungslose Liebe

Meint Lieben ohne Bedingungen. Einfach so.
Zum Beispiel dich selbst.

Innere Ruhe

Vollkommene innere Ruhe kann nur einkehren,
wenn alle Spannungsfelder geklärt, gelöst, erlöst sind.
Das kann gelingen, wenn sie ganz klar
als Teil der phänomenalen Welt erkannt werden,
und ich mich zwar darin,
aber gleichzeitig auch außerhalb erkenne.

Im Licht des Bewusstseins

Im Licht des bewussten Seins
schmelzen alle Spannungszustände.

Affirmation

Ich lebe im beständigen Vertrauen
in die göttliche Führung und Inspiration.

Die Natur des Vergessens

Die Natur des Vergessens lenkt dich
immer wieder sanft ins Jetzt.

Unglück

Ein Freund:
Das Unglück des Menschen beginnt, wenn er anfängt,
sich zu vergleichen.

Glück

Glück – ein vollkommenes Einverständnis
im Hier und Jetzt.
Die Akzeptanz des Momentes,
so wie er sich zeigt,
mit seinem vollen Potenzial,
aber auch in seiner Unmöglichkeit
und Unvollkommenheit.
Das Individuum als Instrument des Göttlichen,
des Lebens –
mit aller Demut oder auch kraftvollen Größe.

Gott wiederholt sich nie

Alles in seiner Schöpfung ist einzigartig.
Kristallisiere deinen individuellen,
göttlichen Ausdruck.

Klavier spielen

Lerne Klavier spielen auf der Tastatur des Lebens. Stelle dich den vielfältigen Herausforderungen,
lerne dich in allen möglichen Situationen
zurechtzufinden und auszudrücken.

Zeit

Unser wahres Sein ist außerhalb der Zeit.
Sie wird uns geschenkt, um zu leben,
zu lieben, schöne Dinge zu tun,
alle menschlichen Erfahrungen zu machen,
auch die leidvollen, um so unser Bewusstsein
zu erweitern, unsere Fähigkeiten und unseren
individuellen Ausdruck zu vervollkommnen.

Lasse die Dinge – Situationen, Vorstellungen,
was immer – zur rechten Zeit und mit Freude
und Leichtigkeit los. Nicht mit einem engen,
bedrängten Gefühl.

Fülle

Aus der Fülle kommt keine Fülle.
Aus der Leere kommt die Fülle.
Den Rhythmus wahrend,
dem Atem gleich,
entsteht Harmonie.

Brennpunkt

Jede(r) ist potenziell ein Brennpunkt des göttlichen Willens im Jetzt.

Widerstände

Je weniger Widerstände du in dir hast gegen das, was IST, desto gesünder und fröhlicher bist du. Dennoch kannst du die Umstände lenken. Nutze deine Gestaltungskraft.

Heilung

Im Einklang mit deinem tiefsten Seelen-Sein geschieht Heilung.
Rufe Kraft, Licht und Gesundheit herbei, oft.
Bitte alle Wesen um Verzeihung, denen du jemals Leid zugefügt haben magst.
Verzeihe allen Wesen, die dir jemals Leid zugefügt haben.

Freier Blick

Wenn wir alles beiseitelassen – was bleibt?
Der Grund, die Quelle, das Selbst.
Leben wir aus diesem, mit freiem Blick.

Gedanken

Wo Freude, Liebe spürbar ist,
geschieht Wesentliches,
im Großen wie im Kleinen.

Komme ganz in deine Kraft,
das heilt dich und die Welt.

Das, wonach du dich sehnst,
verwirkliche es in dir und um dich.

Bewahre dir das Tun,
das deine Liebe widerspiegeln kann.

Fliehe nicht.
Sei da, erkenne, löse auf.

Sei geduldig wie ein Baum.
Sei fließend wie der Bach:
Liegt ihm ein Stein im Weg,
so bahnt er sich dennoch seinen Lauf.

Friede ist, wenn Friede ist in mir.

Ermunterung

Nichts ist so schlimm,
wie es zunächst scheint.

Eile lohnt selten,
Ängste sind meist unbegründet.

Verliere keine Zeit,
sei aber vorsichtig dort,
wo deine innere Stimme dich warnt.

Wann immer du im Zweifel bist,
folge deinem Gefühl,
auch auf die Gefahr,
dass du dich einmal irrst.

In dunkler Nacht

In dunkler Nacht sind die Schmerzen groß
und alles scheint verloren.
Doch dann bricht der neue Tag heran,
die Sonne geht auf mit frischem Glanz
und erweckt neues Leben.

Angstmotive

So vieles auf dieser Erde geschieht aus Angstmotiven: Abgrenzung, Verteidigung, Feindbilder aufbauen, unnötige Vorsorge, Versicherungen, Verträge, das Vorteilsdenken und so weiter. Da fehlt das Vertrauen in die Quelle des Lebens, die Liebe zum Leben und zu aller Kreatur.

Sonnenfinsternis

Die Phänomene des Lebens wechseln einander nach wohlgeordneten Gesetzen ab, alles ist „in Ordnung". Selbstverständlich gibt es für Interpretationen viel Raum.

Wer die innere Stille kennt, lässt sich davon nicht irritieren, sondern genießt die wunderbare Vielfalt der Erscheinungen.

Mit Adleraugen

Eine Übung: Erhebe dich über alles, schau' wie aus der Spitze einer Pyramide nach unten auf die Welt der Gegensätze, wie mit Adleraugen, und ziehe ruhig deine wunderbare, einzigartige Bahn.

Ein einziges **Licht** leuchtet so weit.

Die Sonne im Herzen

Aus dem Zentrum des Herzens:
endloser Frieden und strahlende Liebe.

Gebet

Herr, lass mich sein wie eine Blume,
die ihren Kelch dem Sonnenlicht der Wahrheit öffnet.

Liebe

Ich will alles in Liebe umfassen
in mir,
um mich herum,
nur Liebe,
nichts anderes.

Alles soll darin enthalten sein,
darin Platz finden,
sodass die Liebe
immer allgegenwärtig
schwingt.

Love can't wait

Love can't wait … Love can't wait … Love can wait …

Es spricht in mir – Gedanken zum Fortschritt (1984)

In dem Moment, in dem du die Wahl ganz klar vor dir siehst, dir bewusst bist, gehe nach vorne.

Reagiere unmittelbar auf jede sich dir zeigende Öffnung. Halte an nichts fest.

Wann immer etwas dämmert, warte nicht auf eine große Leuchte. Im Dämmern liegt schon alles. Vernimm seine Botschaft.

Negiere nicht, was bisher geschah. Alles war die zu deinem Jetzt notwendige Vorbereitung. Gehe weiter.

Entledige dich von allem Unnötigen. Du nimmst nur mit, was du bist.

Überprüfe jede Gewohnheit auf ihre Gültigkeit.

Gib alles auf, woran du nicht glaubst. Jeder Zweifel hat seine Berechtigung, birgt eine Lösung.

Sehne dich nicht nach alten Zuständen.

Suche nicht gedanklich eine Richtung zu ermitteln. Akzeptiere, was sich zeigt. Sei stets bereit, vertraue.

Alles, was dir einleuchtet, betrifft dich.

Sei vorbereitet, dass sich das Tempo deiner Entwicklung nicht mit dir gewohnten Tempi vergleichen lässt. Der Rhythmus akzeleriert und wird zum Ton.

Lasse ab von allem, was dir hohl erscheint, dessen Wert dir nicht ganz klar bewusst ist.

Schaue nach vorn. Entscheidend ist, was du jetzt machst.

Im bewussten Sein gibt es keinen Zeitvertreib. Es gibt Gehen und Ruhen. Irgendwann ist alles ein Fließen, das Zeitgefühl schwindet.

Sei ein wahres Licht, und dein Funke wird überspringen, wahres Licht zu verbreiten.

Spürst du Widerstand, sei Liebe.

Erkenne jede deiner Wahrnehmungsmöglichkeiten als Hilfen, dich zu einem weiteren Bewusstsein zu führen: Gesehenes, Gehörtes, tief Empfundenes, Tag- und Nachtträume, Visionen und anderes mehr.

Gib deinen Intellekt als alleinigen Herrscher deines Ich auf.

Bahne dem göttlichen Licht den Weg bis in jede deiner Zellen. Das Licht wird alles verwandeln. Da gibt es keine Angst mehr.

All dies hat bewusst zu geschehen, verlangt Aktivität, Dienen, Hingabe – verlangt sich anzunehmen sowie hinzugeben.

Tu das nach deinem jeweiligen Bewusstsein Notwendige, um dich für dein Fortschreiten zu stärken. Suche auch hier lichte Formen.

Trödele nicht, und eile nicht, gehe im Tempo der Liebe.

Werte wie Treue und Ehrlichkeit sind universelle Attribute der Liebe: Sei treu dem Prinzip der Wandlung, sei ehrlich im Bewusstsein des Jetzt.

Wenn du nicht mehr weiter weißt, setze dich in die Stille. Schließe die Augen und gib dich hin, lasse alles los. Die Antworten werden dir klar im Geist erscheinen, du brauchst nicht zu suchen.

Sagt dir etwas: »Das ist es noch nicht ganz« – dann verweile, warte, bis es sich vollkommen zeigt. Dann aber gehe sofort. Es reicht, den allernächsten Schritt zu erkennen.

Sei dankbar für deine Wandlung, dein Fortschreiten.

Schwierigkeiten, Leiden sind dankbarer Teil deines Weges. Erkenne ihre Botschaft und sie lösen sich auf.

Sei gewiss, nichts zu verlieren, so viele »Tode« du auch »stirbst«. Du kannst nur gewinnen.

Jede Errungenschaft ist eine Errungenschaft für alle.

Habe Mut. Nimm jede Herausforderung deines neuen Bewusstseins an. Stoße vor ins Ungewisse. Sei sicher, alle Ungewissheit wandelt sich am Nullpunkt in Gewissheit.

Immer noch ist die Liebe das höchste Prinzip im Universum. Mit ihr gelingt jede Transformation, auch die deiner Zellen.

Alles wird sich ändern, das ist das Prinzip des Universums. Sein Ausdruck ist Bewegung.

Alles ist mit allem verbunden. Alles ist eins, geschaffen aus der einen, göttlich-mannigfaltigen Schwingung.

Fürchte dich nicht. Habe Vertrauen, dass es immer noch derselbe Gott ist, der alles lenkt.

Gedicht (1988)

Staune,
du Pflaume,
da oben
im Baume
des Lebens.
Vergebens
die Suche
mit dem Verstand.

Schau
wie ein Kind,
das nicht weiß,
was es sieht,
nur entzückt
von der Süße
und Fülle
sich wiegt
im Winde
des Seins.

Gigantische Wolke

Es ist eine funkelnde, gigantische Wolke von Schöpfungspartikeln, die sich immer weiter ausdehnt. Du bist ein einzigartiger Teil davon. Nichts, was du erlebst, hat es jemals gegeben, noch wird es dies so wieder geben. Es ist die Freude und Liebe des Allmächtigen, die dies geschehen lässt. Es sind Freude, Liebe, eine kosmische Lust und Neugier, eine unendliche Weisheit, die dies alles hervorbringen.

Irgendwann ist genug, dann zieht ER sich wieder zurück und beginnt von Neuem, wenn ER will.

Nie bist Du allein, immer ALL-EIN.

Ein Leben

Wir alle entspringen der einen, ewig-schöpferischen Quelle, und immer sind wir untrennbarer Teil von ihr.

Mit allen Ausdrucksformen des Lebens sind wir verbunden.

Mitgefühl für alle Wesen und für alle Formen des Lebens zu empfinden ist daher die logische Konsequenz. Allen Wesen Gutes zu tun, gut an sie zu denken und ihnen Gutes zu wünschen, ist mein tägliches Ziel.

Verbunden mit meinem inneren göttlichen Selbst empfange ich die Inspirationen für mein tägliches Tun.

Schöpferisches Denken

Wie kann man kreative Gedanken denken, wenn der Geist voll ist? Voll mit Erinnerungen, Worten, Bildern. Wirklich schöpferische Gedanken können nur aus der Stille, in der Leere entstehen.

So oft wird zu viel das Vergangene erzählt, das, was soeben oder früher stattgefunden hat, und damit wird der schöpferische Gedanke im Jetzt verhindert.

Die Stille, die Leere auszuhalten, gerade auch im Miteinander, ist schwer.

Sie als positiv, fruchtbar zu erkennen, ist bereichernd.

Sich gegenseitig Raum zu geben, ist eine Einladung für das Schöpferische.

Lassen

Den anderen freilassen, ihn oder sie nicht mit meiner Liebe oder mit meinen Erwartungen fesseln.

In der Übung der Stille, aber auch im Alltag:
Die vielfältigen Identifikationen mit der eigenen Person immer wieder loslassen.

Alle Erscheinungen im Bewusstsein wieder loslassen.

Dann entsteht weiter Raum – für Erneuerung, für Inspiration, für Wandel, für das Jetzt, für echte Begegnung.

Spannungsfelder

Irgendwann habe ich mich entschieden, dass ich in Frieden leben will, ohne Spannungen, und dass ich das zuallererst in mir manifestieren möchte und nicht mehr in Resonanz gehen will mit den Spannungen anderer. Also, eine ganz bewusste Entscheidung für Frieden, für die Liebe. Sie tut mir gut und anderen ohnehin …

Die Probleme sind alle nur relativ wichtig und können in Frieden gelöst werden.

Es ist ja mein Leben, und ich will es so gestalten, dass ich mich wohlfühlen kann. Andere sind anders, man kann sie nicht ändern. Dazu gehört auch für mich, dass ich die anderen akzeptiere in ihrer Andersheit, sie erkenne, und ihnen vergebe für ihre oft unbewussten Handlungen, ihnen keine alten Sachen nachtrage. Was war, ist vorbei.

Aber welche Schwingung, welche Realität möchte ich jetzt manifestieren ?

Meine spirituelle Relativitätstheorie

Stylianos Atteshlis, genannt Daskalos, sagte zu mir: „Nothing matters much, and most things don't matter at all."

Was meinte er ?

Vom Standpunkt des Bewusstseins aus sind alle Probleme oder Ereignisse nur relativ bedeutend. Sie sind Phänomene in der Welt der Erscheinungen. Sie mögen sehr dringlich erscheinen, sind aber vergänglich, wie alles, was erscheint – und wieder vergeht. Sie sind der evolutionäre Motor unserer Entwicklung. „Das Problem ist dein Guru."

Das Bewusstsein – dein Bewusstsein – ist jenseits aller Phänomene, es beinhaltet sie. Es ist außerhalb von Zeit und Raum. Du bist DAS. Du bist dir bewusst, bewusst zu sein. Da erscheinen alle Probleme nur relativ bedeutend – versteht mich nicht falsch: nicht unbedeutend, sondern nur relativ.

Intelligenz und Liebe

Wir Menschen sind sehr intelligent, haben die fantastischsten Dinge erfunden, die uns vieles ermöglichen. Allein die Machbarkeit und die Ausnutzung des Lebens durch intelligentes Tun bringt jedoch noch kein Glück.

Intelligenz ohne Liebe bleibt kalt, zerstörerisch, so wie wir es heute vielfach erleben im Machbarkeitswahn des Fortschritts und Konsums. Erst in der Verbindung mit der Liebe zu allem Leben, zur Natur, zum Tier, zum Nächsten kann das Leben wirklich erblühen. Da kann die Erkenntnis reifen, dass nicht alles Neue gut sein muss, dass weniger mehr sein kann.

Öffnen wir unsere Herzen.

Zwei Dinge können nicht am selben Ort sein

Dort, wo du den Tisch hinstellst,
kann der Schrank nicht stehen.

Trägst du Sorgen in dir,
hat die Hoffnung keinen Platz.

Wo Missmut und Übellaunigkeit sind,
kann keine Freude aufkommen.

Wenn ständige Kritiksucht deinen Geist erfüllt –
wie kannst du dann verzeihend, gutmütig und
wohlwollend, liebenswert sein ?

Also wähle, wie du jetzt sein willst.
Sei glücklich mit dem, was ist, was werden kann.
Nutze dein unendliches schöpferisches Potenzial.

Mental – Intuitiv

Mental – mit dem Intellekt, dem Verstand, erinnernd, planend, kalkulierend, vergleichend, ableitend, erwägend, sich Wissen aneignend, auf Wissen zurückgreifend, schlussfolgernd, kombinierend, suchend ...

Intuitiv – jetzt, spontan, unmittelbar, authentisch im Ausdruck, kein Beweis und keine Rechtfertigung sind nötig, aus der eigenen Mitte heraus, mühelos ...

Beide ergänzen sich. Wir benötigen beides.

Hier und Jetzt

Es gibt keinen finalen Ort, an dem wir ankommen werden, weil wir doch immer wieder unterwegs sind, woanders hin. Es gibt keinen finalen Zeitpunkt, an dem wir endgültig ankommen werden. Oder doch ?

HIER UND JETZT.

Trete ein, liebe Freundin, lieber Freund: Willkommen!

Im Fluss sein

mit Allem, was sich zeigt, in innerer Stille und vollkommener Offenheit. Dann tauchen unerwartet Geistesblitze auf, aus einer übergeordneten Intelligenz, die uns alle verbindet, die Dinge impulsiert und somit möglich macht.

Wir müssen nur ganz offen, innerlich still und flexibel sein, um die Impulse aufzuschnappen, und sie dann mit Lust und Kraft, ohne Scheu einfach TUN, in die Welt bringen. (So spielt man übrigens auch Intuitive Musik ...)

Und dann dürfen wir staunen, wie Synergien entstehen und Neues geschieht, Aktuelles, im Kairos, und wie sich LIEBE offenbart im Miteinander und in der Formenwelt.

Ein Tanzen, ein Sprudeln

Wenn du weißt, wer du bist, oder besser: Wer oder was du NICHT bist – alles in deinem Bewusstsein Erscheinende – und du spürst deine unmittelbare Verbindung, ja Einheit mit der Quelle allen Lebens in dir, dann bist du für immer angekommen. Dann gibt es keinen Weg mehr zu gehen.

Es wird ein Tanz, ein Sprudeln aus der Quelle in dir, in jedem Moment neu, und du bist und bleibst frei – von allen Bindungen, Identifikationen … Das gilt in der Musik und auch sonst. Es ist LILA, das Göttliche Spiel.

Im Schlafzustand ?

Du bist ein individualisierter Ausdruck Gottes.

Alles, was du dir wünschst und willst, kann sich früher oder später materialisieren; es hängt aber von deiner Intensität und inneren Zielgerichtetheit ab. „Nur wer sein Ziel kennt, findet seinen Weg." Laschheit und Lauheit führen zu Nichts.

Gott verwirklicht sich in dir, durch dich. Das ist fantastisch. Alle Energien der Schöpfung stehen dir potenziell zur Verfügung. Aber ob und wie du sie nutzt, ist deine Sache.

Der Vergleich mit der Masse hilft gar nichts („Ich kenne kaum jemanden, der keine Drogen nimmt," sagte ein junger Mensch zu mir). Frank Duval: „99 Prozent der Menschen befinden sich im Schlafzustand."

Psyche

Die Psyche ist ein offenes System – damit meine ich das Bewusstsein wie das Unterbewusstsein. Sie kann jederzeit überschwemmt werden vom kollektiven Gedankenmüll und den allgemeinen Emotionen, die überall herumgeistern.

Nur eine stete innere Ausrichtung bringt eine Kontinuität in unsere psychische Struktur, die uns gegen unwillkürliche allgemeine Tendenzen immunisiert. Geistige Disziplin ist unerlässlich. Sonst sind oder werden wir immer wieder Spielball der uns umgebenden und beeinflussenden Kräfte.

Nur oberhalb dieser Schwelle ist eine Entwicklung möglich. Sonst ist es ein ewiges Auf und Nieder.

Begegnung mit dem Unendlichen

Tief in uns sitzt ein Stress des Endlichen, Vergänglichen. Wir glauben, wir hätten nicht genug Zeit für alles, was wir uns noch wünschen, vorstellen. Das Leben scheint uns zu kurz, um alles zu verwirklichen. Angst und Enttäuschung machen sich breit.

Lasse doch diesen Stress einfach mal los. Stelle dir das Leben als eine unendliche Weite vor, unbegrenzt, ewig. In ihr darfst du dich entwickeln, und so zu einem immer vollkommeneren, freieren Ausdruck der in dir angelegten, einzigartigen göttlichen Natur gelangen.

Ja, unsere Daseinsformen sind endlich, wechseln einander ab. Wir erscheinen in immer neuen „Kleidern", aber das LEBEN ist ein Kontinuum. In dieser Vorstellung, nein, mit dieser inneren Gewissheit können wir zutiefst entspannen, fröhlich sein, und uns ins nächste Abenteuer stürzen.

Tiefe Heilung

Lasse den Strom der göttlichen Kraft, der unendlichen Liebe und Weisheit des Allmächtigen ganz sanft in alle deine Zellen fließen. Sei einfach nur still, empfänglich. Rufe die Kraft herbei, öffne dich ihr hingebungsvoll, lasse dich berühren.

Verwirklichung

Wenn dir noch 20, 30 oder 40 Lebensjahre geschenkt werden:

Was wählst du, was möchtest du verwirklichen ?

Was erfüllt dich, wonach sehnst du dich, was wünscht du dir ? Verwirkliche es.

Je klarer du bist in deiner Vorstellungskraft, desto wahrscheinlicher ist es, dass sich deine Visionen und Wünsche verwirklichen. Du bildest eine Matrize, nach der sich die kosmische Kraft richtet und zu dir strömt. Das ist kosmische Mathematik. Wenn alles unklar und ungeordnet ist, kann die Kraft auch keinen Zugang zu dir finden.

Musikalisches Älterwerden

Das Älterwerden fordert seinen Tribut, da können wir Gelassenheit und das Lassen üben. Das ist gewiss nicht immer leicht. Aber wir durften die Gesetze der Musik kennenlernen, und nun gilt es sie auf Alles anzuwenden: Ein „musikalisches" Leben, beschwingt im Alltag mit den einfachen Dingen, einen guten Rhythmus und Harmonie üben mit allem, was geschieht, sich ein-stimmen immer wieder.

Und in diesem großen Alltagsklang bist Du eine wunderschöne Melodie.

Bevor wir sterben

Bevor wir unseren Körper verlassen, sollten wir versuchen, alle ungeklärten inneren Dinge zu klären, aufzulösen. Dann sind wir nach dem Tod freier, ungebunden durch alte Lasten. Dies geschieht durch ein tiefes Annehmen der Situation, so, wie sie ist, durch ein Einsehen der Zusammenhänge in innerer stiller Betrachtung und Meditation, durch Vergebung sich selbst und anderen gegenüber.

Das alles braucht Mut, Hinwendung, die Kraft, auch Widrigkeiten in Kauf zu nehmen, nicht auszuweichen, sich dem Leben zu stellen. Es braucht eine tiefe LIEBE jenseits aller Grenzen für alle und für sich selbst, auch in unseren Unvollkommenheiten.

Selbstvertrauen – Selbstsicherheit

Bin ich selbstsicher? Bin ich mir meiner selbst sicher? Bin ich mir des Selbst sicher?

Solange ich mein Selbst als meine Persönlichkeit empfinde, das Ego, kann ich mir niemals sicher sein. Denn die Persönlichkeit ist einem steten Wandel unterworfen, der a priori unsicher ist.

Wenn ich aber meinen Seelengrund, den Daseinsgrund, das, woher ich komme, das, was immer ist und sein wird, das Absolute, welches mich in jedem Moment neu gebiert, als mein Selbst erkenne, als DAS EINE SELBST, dann kann ich jederzeit und unter allen Umständen zu Recht sagen: Ich bin mir meiner selbst sicher, ich bin selbstsicher, ich vertraue, ICH BIN.

Freiheit ist Nicht-Identifikation

Wir stehen morgens auf und erinnern uns an die Person, die wir darstellen. Damit schlüpfen wir sofort in all die Rollen hinein, die wir gewohnt sind. Das muss aber nicht zwingend so sein, es ist eine unbewusste Wahl.

Wir könnten – theoretisch – in jedem Moment frei sein von allen Identifikationen und Konditionierungen und spontan und bewusst unseren gewünschten Ausdruck wählen. Auch große Richtungswechsel wären jederzeit möglich.

Dies bedarf einer kontinuierlichen Verbindung mit unserem höheren Selbst. Einer fortwährenden Verankerung im ICH BIN.

Das Sein

kann nicht halb sein, kann nicht unvollständig sein. Wenn du sagst: „Ich bin“, dann ist das ein ganzes Gefühl, kein halbes, oder? Unsere Fähigkeiten, unser Wissen, unsere Kreativität, unsere Empathie und Liebe mögen begrenzt sein, sicherlich, aber unser Sein ist ganz, vollkommen, unversehrt.

Diese Unterscheidung gibt Mut und Kraft, zu erkennen: Einerseits bin ich ganz und vollkommen in meinem zeitlosen Sein, genau jetzt, anderseits werde ich im Außen nie „ankommen“, immer wird es eine Bewegung, ein Wachsen, eine Entwicklung geben. Das entspannt, schenkt Sicherheit und Frieden.

Rein und unversehrt

Dein innerstes, göttliches Selbst, dein Sein, dein tiefstes ICH, ist immer rein und unversehrt und ganz und eins und unverletzbar. Also sorge dich nie zu viel, verliere nie den Mut. Es ist ja alles ein riesiges Theaterstück, ein Drama, in dem wir leben und uns als menschliche Wesen entwickeln dürfen.

Die Inder sprechen in der Vedanta-Philosophie von Maya, davon dass alles Illusion, Schein ist. Alles er- scheint letztlich als eine Bewegung im Bewusstsein. Und sie sprechen von Lila, dem göttlichen Spiel. Das darf man nicht falsch verstehen bei all dem Leid in der Welt. Ein Schöpfungsspiel, so unfassbar komplex und weise, wie wir es uns niemals erträumen, geschweige denn verstehen können. Aber alles ist gehalten von der einen, großen Liebe des Vater-Mutter-Schöpfergottes.

Der Weg zur Quelle

Prima causa

Ich bin.

Secunda causa

Da ist all das, was im Bewusstsein erscheint.

Terza causa

Ich verbinde mich mit Allem, gefühlsmäßig und gedanklich, die Person, mit Namen und Formen identifiziertes Bewusstsein.

Der Weg zur Quelle: Terza – secunda – prima causa

Löse dich von der Person,
dem sich identifizierenden Bewusstsein.
Betrachte alles, was im Bewusstsein erscheint.
Erkenne dein Selbst als ICH BIN.

Wichtig?

Wir sind nicht wichtig,
weil wir die Tochter oder der Sohn sind von ...

Wir sind nicht wichtig,
weil wir die Mutter oder der Vater sind von ...

Wir sind nicht wichtig,
weil wir verheiratet sind oder waren mit ...

Wir sind nicht wichtig,
weil wir diese oder jene Überzeugung haben.

Wir sind nicht wichtig,
weil wir dieses können oder jenes wissen.

Wir sind nicht wichtig,
weil wir diese oder jene Position haben.

Wir sind nicht wichtig,
weil wir dieses oder jenes besitzen.

Wir sind wichtig,
weil wir ein Lächeln schenken können.

Wir sind wichtig,
weil wir uns Mut machen können.

Wir sind wichtig,
weil wir uns freuen können.

Wir sind wichtig,
weil wir zuhören können.

Wir sind wichtig,
weil wir staunen können.

Wir sind wichtig,
weil wir lieben können.

Wir sind wichtig,
weil wir sind.

Jetzt!

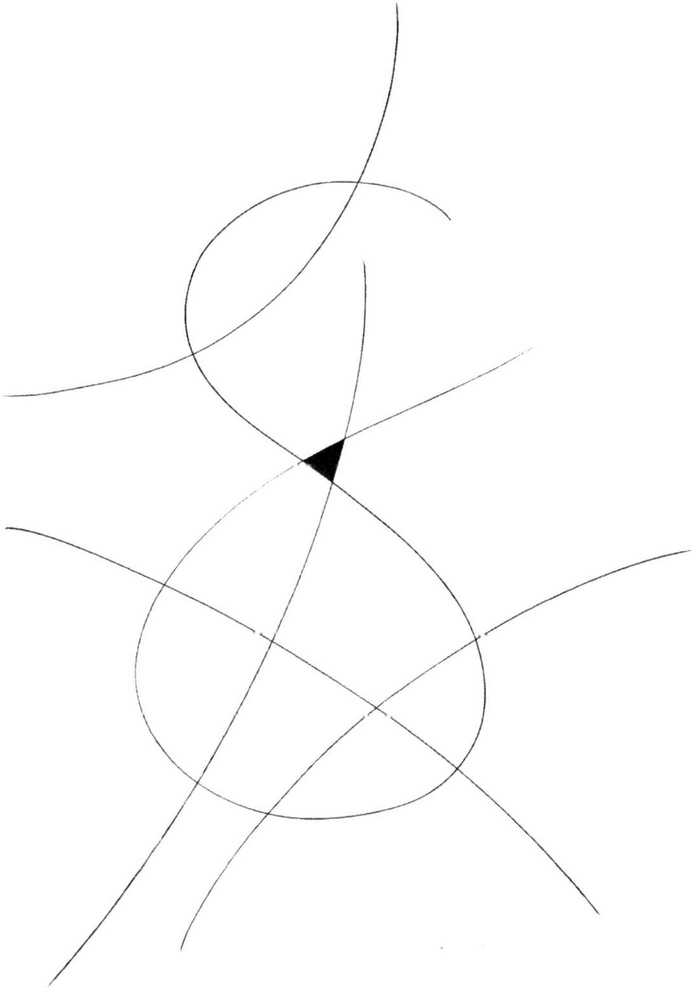

Sieben Eigenschaften eines neuen Bewusstseins

Friede

Friede in mir
Friede mit meinem Partner
Friede in meiner Familie
Friede mit meinem Nachbarn
Friede am Arbeitsplatz
Friede in meinem Land und mit allen Nationen
Friede mit der gesamten Schöpfung

Einheit

Meide alles Trennende. Suche das Einende. Verstehe die ganze Schöpfung mit all ihren Formen und Kreaturen als die Offenbarung des einen, wunderbaren Schöpfergeistes.

Vielfalt

Um den freien Willen des Menschen und die Vielfalt in all ihrer Schönheit zu gewährleisten, müssen im Plan des sich auf Erden offenbarenden Lebens auch alle Verneinungen und Irrwege möglich sein. Da das Missverstehen dieser Tatsache leicht zu Konflikten führt, sollten wir alle Glaubens- und Lebensformen anderer Menschen achten.

Wandlung

Alle Energien und Daseinsformen befinden sich in ewiger Wandlung. Alles Leben setzt sich fort, auch wenn wir seine Existenz nicht immer wahrnehmen. So sind Geburt wie Tod gleichermaßen Pforten zu verschiedenen Daseinsweisen.

Freiheit

Der Aufschwung zu einem höheren Bewusstsein meint Freiheit in und über Gedanken, Gefühle und Begehren.

Wille

»Herr, nicht mein Wille, sondern Dein Wille geschieht.« Erst der geschulte Wille kann ein machtvolles Instrument des Göttlichen werden. Wollen, was gewollt wird, nicht was unser kleines Ego begehrt. Lasst uns ein Leben in Wahrheit führen. Wahrheit kann nicht definiert werden, weil sie für jeden und in jedem Augenblick anders ist, Ausdruck des ewig sich wandelnden göttlichen Lebens. Seine Stimme vernehmen wir in unserem Herzen, in Stille.

Liebe und Freude

Aus Liebe und Freude wurde das Universum erschaffen. Der Ausdruck reiner, selbstloser Liebe – und all ihrer wunderbaren Schöpfungen – sind das höchste Ziel aller bewussten Wesen. Gott ist Liebe. Lasst unsere Liebe grenzenlos sein, alle und alles umfassend, in freudiger Tat und Verantwortung für alle Formen des Lebens. Lasst uns in liebevoller Harmonie mit der Natur leben und sie nicht länger ausbeuten.

Danke

Vor einiger Zeit erzählte mir ein Bekannter, sein einziges Mantra sei »Danke«. Es dauerte eine Weile, bis ich begriff, was er damit meinte, und bis ich spürte, was sein Impuls bei mir auslöste. In jeder Situation Danke sagen zu können, ist eine Herausforderung, und wie ich bald merkte, ein Wundermittel, denn nun kann der Lebensfluss endlich ungehindert fließen.

Wieso? Danke zu sagen bedeutet für mich, ALLES ausnahmslos zu akzeptieren, anzunehmen. Es verlangt ein vielfältiges, schöpferisches inneres Wirken, um den Dank auch in schwierigen Momenten richtig zu formulieren und als echt zu empfinden. Das geht nur in einer vollkommenen Bejahung der Umstände, wie sie sich jetzt gerade zeigen.

Aber, und das ist wichtig: Es bedeutet keineswegs ein passives Hinnehmen aller Widrigkeiten. Es kann vielmehr auch bedeuten: Danke, dass ich aufgefordert werde, mich zu bewegen, mich eventuell zu wehren, mich abzugrenzen, Dinge zu erforschen, zu verändern ...

Doch die Grundhaltung ist immer eine lebensbejahende: Danke, dass ich – gerade auch aus meinen Fehlern – lernen darf, danke, dass ich mich entwickeln darf, danke, dass ich Altes loslassen darf, danke, dass mir Neues gezeigt wird, danke für die Chance zu innerem Wachstum, danke, dass das Leben mich täglich neu herausfordert und mir damit so viel schenkt, mir neue Perspektiven zeigt.

Nun beginnt die Liebe frei zu fließen, nichts kann sie aufhalten, weil da nichts Hemmendes mehr ist. Was könnte da auch sein, für das ich nicht danken könnte? Und es gibt täglich so viel Schönes, was sich ereignet, was ich sehe, empfinde, erleben darf. Allein schon dafür kann ich sehr dankbar sein. Hallelujah.

Die Illusion des Mangels

Etwas in unserer menschlichen Natur scheint stets unzufrieden zu bleiben, egal was wir erreicht haben. Ob es unerreichter Besitz ist, die noch nicht gefundene „große Liebe“ in einer idealen Beziehung, eine besondere Fähigkeit, nach der wir uns sehnen, mehr Können, Wissen, Macht, die bessere Gesundheit oder sogar die Erleuchtung … unsere Wünsche sind vielfältig. Sie geben uns ein dauerndes, unterschwelliges Gefühl des Mangels, des Noch-nicht-erfüllt-seins, das nagt, uns unzufrieden macht, egal wie schön und gut alles bereits ist.

Doch beruht dieser Mangel auf einer hartnäckigen Illusion. Unser innerstes Sein IST und war und wird immer vollkommen, ganz und heil sein. Ihm fehlt nichts. Da SIND wir verbunden, ja eins mit der Quelle, da sind wir ganz wir selbst, jenseits der dualen Gegensätze im äußeren Leben. Da sind wir Mann und Frau, Bettler und König, Opfer und Täter, Liebende und Geliebte.

Die Schwierigkeit ist sicherlich, sich dieser allgegenwärtigen Dimension unseres Lebens bewusst zu sein und nicht immer wieder in die Illusion des Mangels zu verfallen, die uns dann zu neuen, oft unnötigen Umwegen treibt. Und doch ist dieses Vergessen auch ein kosmischer „Trick“, denn er treibt uns an zur Suche, die uns im äußeren Leben weitergehen lässt und uns die umfassende menschliche Erfahrung ermöglicht. Durch freudige und leidvolle Erfahrungen erlangen wir immer mehr Möglichkeiten des seelischen Ausdrucks, wir wachsen und reifen als Mensch.

Ein idealer Weg wäre, sich der Quelle in uns immer bewusst zu sein, unseres heilen Ursprungs, der frei ist von Mangel, und gelassen und freudig den sich immer weitenden Lebensweg zu beschreiten, alle Herausforderungen, Prüfungen und vielfältigen Geschenke dankbar umarmend. Das Leben zutiefst verstehen, genießen und frei sein.

Das goldene Zeitalter – eine Illusion?

Die Sehnsucht nach einer besseren Welt, nach dem »goldenen Zeitalter«, begünstigt die Illusionsbildung. Was im Äußeren als Fortschritt und Entwicklung erscheint, könnte bei näherer Betrachtung als Rückentwicklung und Verführung erkannt werden. Dabei leben wir in einer Zeit sehr schneller Entwicklung, und diese beschleunigte Energie können wir auch für unseren spirituellen Fortschritt nutzen.

Immer wieder hat es blühende Zivilisationen gegeben, hoch entwickelte Kulturen wie Atlantis, die untergingen, als das Wissen missbraucht wurde.

Ägypten hatte eine in vielen Bereichen weit höher entwickelte geistige Kultur als wir heute. Ihre Herrscher waren Eingeweihte. Sie wussten: Ebenso wichtig wie der äußere Fortschritt ist das Wissen um die inneren Zusammenhänge, die den einzelnen Menschen mit der größeren Gemeinschaft und dem Kosmos im Gleichgewicht halten.

Heute ist die Annahme weit verbreitet, dass sich das Bewusstsein der Menschheit im Allgemeinen zunehmend entwickelt, sodass es bald einen Quantensprung gäbe, der alle auf ein höheres Bewusstsein hebt. Zu glauben, dass plötzlich eine bessere Menschheit entstünde, halte ich für eine Illusion. Denn es geht um die Bewusstwerdung jedes einzelnen Wesens, was eben auch die nötige individuelle Auseinandersetzung jedes Einzelnen mit den eigenen Erfahrungen beinhaltet, und nicht darum, die eigene Bemühung und Verantwortung abzugeben und nach außen zu projizieren. Die Gedanken und Hoffnungen auf eine Erlösung von außen lenken vom Wesentlichen – dem

Selbstgewahrsein – ab. Jedes Quäntchen Bewusstheit muss errungen werden. Das braucht Willen, Zeit, Erfahrung, Wachstum. Schauen wir uns die heutige Menschheit an, so sehen wir deutlich, wie viel noch vor uns liegt.

Nur der Einzelne hat die Möglichkeit sich zu befreien, seine Illusionen und falschen Vorstellungen zu zerstören. So wird er zum Vorbild für andere, er weist den Weg in die Freiheit. Die meisten wollen sich ja gar nicht verändern, sie sind zufrieden, mitzuschwimmen im breiten Strom der Illusion und Falschheit.

Wir sind Schöpfer unserer selbst. Jeder entscheidet sekündlich, welche Kräfte er in sich tragen will. Durch Unbewusstheit wird er die alten Kräfte weiter in sich nähren, oder ihnen aber durch strikte Verweigerung das Fortbestehen in sich unmöglich machen.

Nur durch die Konzentration auf die Kräfte, nach denen wir uns sehnen, schaffen wir uns selbst neu, erschaffen wir neue Substanz. Nur ein definiertes Ziel mit dem dazugehörigen Entschluss bringt uns weiter. Und was sich nicht vorwärts entwickelt, fällt ab, entwickelt sich rückwärts, der Weg in den Sumpf, individuell und kollektiv.

Die Auflösung der Illusion, die Vereinigung mit unserem göttlichen Selbst: Das vollständige Erwachen im SELBST, dies allein ist das goldene Zeitalter.

Gegenkräfte

Eine Lehre aus dem ziehen, was eine gute Freundin gerade heftig erschüttert hat und was uns allen ständig auflauert: Ich spreche über die Fallen unserer geistigen Entwicklung, oder sogar der menschlichen Entwicklung im Allgemeinen.

Überall dort, wo wir besondere Fähigkeiten haben, wo wir sensibel sind, wo sich eine Begabung zeigt, ein Talent, eine Öffnung – überall dort lauern die Gegenkräfte ganz besonders und wollen uns hindern (oder anders gesagt: prüfen) auf unserem Entwicklungsweg. Sie verkleiden sich als Eingebung, als Einflussnahme, als sanfte Umlenkung der ursprünglich reinen Absicht, als Irreführung im Weiteren, im stärkeren Falle als Fremdbestimmung (Besetzung).

Unsere lichteste Seite ist ständig bedroht von einer unmerklichen Verdunkelung, Trübung, Verdrehung, Nivellierung, Schwächung, Lähmung. Das ist so subtil und gemein, wie man es kaum für möglich hält. Aber nur dank dieser Prüfungen, auf dem langen Wege des Wachseins, der Erkenntnis und zunehmenden Reife werden wir eines Tages hoffentlich wacher, bewusster, fähiger und vollkommener sein.

Energien

Jeder Mensch nimmt Energien in sich auf: durch Licht, Luft, Wasser, Speise, Gedanken, Gefühle, Strahlungen, Magnetismus und anderes mehr. In gleicher Weise sendet jeder Mensch auch Energien – Schwingungen – aus: Er scheidet aus, atmet aus, spricht, sendet Gefühle und Gedanken aus. Sogar jede einzelne Zelle sendet ein schwächeres oder stärkeres Licht aus.

Stelle dir vor, dass du als »Generator« bewusst eine Energie erzeugst, die so beschaffen ist, dass sie die ganze Welt umspannt und alle Menschen und Wesen in einen Zustand tiefen inneren Friedens, einer Ruhe, Gelassenheit, Angstfreiheit – ja, Liebe – versetzt.

Ist das möglich? Ja. Entsprechend deiner Geisteskraft. Natürlich kannst du nur aussenden, was du in dir trägst, und da liegt sowohl die Begrenzung als auch die unendliche Möglichkeit. Wenn du dich bewusst mit den guten geistigen Kräften (in dir) verbindest, gelangst du in ein kraftvolles Schwingungsfeld und kannst so positiv gestaltend mitwirken.

Entscheidend ist der Wille, die innere Entschlossenheit und Zielgerichtetheit, die ständige Bemühung. Wenn viele Menschen so aus ihrer Mitte heraus handelten, hätten wir wahrlich eine bessere Welt.

Alkohol

Meiner Meinung und Beobachtung nach ist es eine Illusion zu glauben, dass Alkohol nicht schade. Im Gegenteil, er hat immer eine trübende Wirkung auf unser Bewusstsein.

Was im Extrem zu beobachten ist: Die Lockerung der Gefühle, damit oft einhergehend auch extreme Äusserungen und emotionale Grenzzustände, bis hin zu unkontrollierten Handlungen – das gilt auch im subtilen Bereich. Immer hat der Genuss von Alkohol eine schädigende Wirkung auf unser Gehirn und Nervensystem.

Auch wenn wir es nicht zu spüren glauben, da man jede Veränderung sofort kompensiert – und je kräftiger man ist desto besser kompensiert der Körper das »Gift« – eine negative Wirkung hat der Alkohol dennoch. Er kann zuweilen auch positiv beflügeln, das ist aber die Ausnahme. Bei öfterer Wiederholung, bei regelmäßigem Genuss tritt die Schädigung auf jeden Fall ein. Es gibt vielfältige Krankheitsbilder, die aus regelmässigem Alkoholkonsum entstehen, von charakterlichen Deformationen bis zu chronischen Nervenleiden und geistigem Verfall (später dann Demenz, auch MS usw.).

Das Problem ist, dass wir unser ganzes geistiges Potenzial garnicht kennen. Und da wir es nicht kennen, bemerken wir auch nicht den Verlust der Entwicklungsmöglichkeit. Da liegt der Hase im Peffer. Das »nicht so Schlimme« wird zur (Aus-) Bremse des möglichen geistigen Höhenflugs. Der Sog der Masse und der Gewohnheit nivelliert uns auf das allgemein übliche Bewusstseinsmaß, und jede Besonderheit und Genialität wird zunichte.

Was ist Intuition? Eine Eingebung aus höhreren geistigen Ebenen, die nur in einem reinen, klaren Geist auftreten kann. Oder ein Einblick in höhere geistige Ebenen. Es gibt aber auch andere, vielfältige »Einfälle«, Eingebungen, nur nicht immer aus wünschenswerten Ebenen. Es gibt viele »Kräfte«, die sich nur zu gerne bei uns ansiedeln und schmarotzen, sich von unserer Lebensenergie nähren. Das geschieht besonders dann, wenn wir die natürlichen Schutzmechanismen unseres Körpers und unserer Psyche durch Alkoholkonsum oder andere Drogen außer Kraft setzen und damit »Klappen öffnen«, die natürlicherweise schützend geschlossen bleiben sollten. Das Gesetz der Resonanz wirkt hier wie in Allem.

Ich überzeichne das Bild etwas, zugegeben, aber mit gutem Grund. Da ich selbst sensibel auf Alkohol bin, weiß ich um die Wirkung. Nun, nicht jeder ist gleich, und nicht für jeden gilt das Gleiche, aber die Tendenz ist festzustellen und da ist Acht zu geben, denn der Verlust der möglichen Genialität oder die Trübung des Bewusstseins kann nicht in gleichem Masse wie angelegt wieder hergestellt werden. Die Massendroge Alkohol wird zum Langzeitverhängnis. Es wird nicht bemerkt. Aber die Chance wäre da gewesen.

Wie geht es mir?

Gut. Das heißt, eigentlich ist es mir egal, wie es mir geht, im Sinne von: gleich-gültig. Meine Persönlichkeit unterliegt immer Schwankungen — die drei „Gunas“, die Eigenschaften der Natur, wechseln sich beständig ab:

Rajas – Aktion, dynamische Kraft, Energie, Impuls, Lebendigkeit, Erregung, aber auch die Unruhe, Aufregung, Aggression, Wut und Fanatismus.

Tamas – Erdverbundenheit, Schwere, Passivität, Dumpfheit, Dunkelheit, das Träge und Schwere in Körper und Geist

Sattwa – Ruhe, ein harmonischer, ausgeglichener Zustand, das Wahre, Klare, Erleuchtete, Reinheit, Weisheit, das Helle, Lichte, „Die goldene Mitte“

Kein Zustand herrscht lange vor, allerdings gibt es unserem angeborenen und auch dem erworbenen Charakter gemäß bestimmte Grundstimmungen, die vorherrschen können. Wir können sie aber durch stete innere Schulung beeinflussen und ändern, gemäß dem Leitsatz: „Das, worauf Du dich konzentrierst, nimmt zu.“

Es gibt in mir eine vertrauensvolle Gewissheit, dass zur rechten Zeit das Richtige geschieht, dass ich in jedem Moment weiß, was zu tun oder lassen ist. Intuitiv leben heißt für mich, im Moment zu spüren, was „dran“ ist. Das trifft genauso auf die Musik zu, wo ich das Intuitive am besten üben konnte, nunmehr mit der Gewissheit, dass es verläßlich funktioniert. Die Weisheit des Absoluten liefert mir in jedem Moment die nötige Information, den richtigen Impuls, zeigt mir den nächsten Ton. „Fehler“ führen zu Umwegen, sind aber nicht so schlimm, sozusagen inklusive, weisen auf nötige Lernschritte hin.

Und noch etwas Wichtiges habe ich erkannt: dass sich die Persönlichkeit in jedem Moment neu zusammensetzt. Wie bitte? Ja, eine kontinuierliche Person gibt es eigentlich gar nicht, auch wenn es für uns den Anschein hat. Alle früheren, erworbenen Muster bilden die Grundlage für die jetzige, persönliche Erscheinungsform. Sie ist aber immer im Fluss, ist ein offenes System, das von vielerlei inneren und äußeren Faktoren beeinflusst wird. Je nachdem, an welchem Ort ich mich befinde, mit welchen Menschen ich zusammen bin, verändert sich meine Persönlichkeit. Da gibt es keine Konstante, keine Sicherheit, sondern immer nur ein spontanes Dasein im Jetzt. Also lasse ich mich überraschen von dem, was erscheint. Eine riesengroße Chance für Neues. Freude!

Gewohnheit oder Freiheit?

Achtzig oder sogar neunzig Prozent unserer Gedanken und Gefühle wiederholen sich ständig, oder kreisen zumindest um dieselben Themen. Die Summe aller so gebildeten Strukturen formt unsere Persönlichkeit. Das bist du NICHT. Du bist etwas viel Größeres, Freieres.

Aber du identifizierst dich mit den so erworbenen Strukturen, mit deiner Persönlichkeit, und auf diese Weise begrenzt du dich ständig. Umgekehrt ist diese so geformte Persönlichkeit Ausdruck deiner selbst, insofern hat sie hohen Wert.

Denke frei, sei frei. Immer neu im Jetzt. Die unendliche Kraft und Gnade des Absoluten macht dich frei.

Mit den Strukturen, in denen du lebst, musst du dich nicht identifizieren. Nutze sie, trage sie im Bewusstsein, und sei dir gewiss, dass dich der ewig-unendliche Strom des Werdens trägt.

Dieser Standortwechsel ermöglicht Transformation, zunächst in einzelnen Bereichen, dann zunehmend in allen: Es wird möglich, unliebsame Strukturen nicht wie gewohnt auszuleben, sondern sich ihnen zu verweigern und sie auf ein anderes Niveau zu heben, eine höhere, reinere Qualität zu erlangen, näher an der Qualität unseres seelischenWesens, mithilfe der in der Stille einströmenden Kraft und Gnade des Absoluten. Das ist Yoga.

Reflexion

Wir leben in Gegensätzen. Alle Dinge, Ereignisse, Gedanken und Gefühle haben zwei Seiten, eine sogenannt positive Seite und eine sogenannte negative Seite. Unser Bewusstsein wird darin geschult, diese Polarität zu übersteigen.

Doch nicht selten empfinden wir zunächst einen der beiden Pole als dominant. Unbewusst tragen wir ihn im Bewusstsein und stärken ihn durch einseitige, ständige Wiederholung. Damit reduzieren wir die vielfältigen Möglichkeiten der Wahrnehmung auf unsere einseitige Sicht der Dinge – sie erscheinen uns fortan im Lichte unserer Gewohnheit.

Gewohnheiten zu ändern ist sehr schwer, aber durchaus möglich. Es bedarf einer bewussten Willensanstrengung und Disziplin, stets das Gute in allem zu sehen, ohne das Schlechte zu übersehen. Dieses Vermögen auszubilden liegt im Rahmen unserer Möglichkeiten. Es entspricht somit einer persönlichen Wahl. Auch Angst und Vertrauen sind polare Gegensätze.

Jede Seele ruht im Schoße Gottes. Dies im Bewusstsein haltend empfinden wir Vertrauen, täglich neu, ohne unsere Ängste verleugnen oder überspielen zu müssen.

Fragen an eine Freundin

Mir kamen einige Gedanken und Fragen, die du dir in deiner Situation stellen könntest:

Entspricht mir die Lebenssituation, in der ich mich befinde? Ist sie harmonisch? Tut sie mir gut? Hilft sie mir, mich weiterzuentwickeln? Oder habe ich in dieser Situation ausgelernt? Macht das, was und wie ich lebe, Sinn?

Was ist mein Ziel? Ohne ein definiertes Ziel gibt es keinen klaren Weg, dann bin ich nur Spielball der mich umgebenden Kräfte, oder der in mir schlummernden Tendenzen. Also, wie definiere ich mein Ziel? Danach richte ich meine Handlungen aus.

Was will ich in diesem Leben (noch) lernen, meistern? Welche Kräfte, Fähigkeiten, Talente entwickeln? Welche Schwächen in Stärken wandeln?

Bin ich bereit zu lassen, um Raum zu schaffen für das Neue?

Habe ich genügend innere Stille, um meinem inneren Meister zu begegnen und so Klarheit und Frieden zu finden?

Kann ich mich selbst lieben – oder was steht dem im Weg?

Erfülle Deine Bestimmung

Habe viel Geduld. Siehe alles in großen Bögen.

Trage dein Leben und das der dir Anvertrauten mit Verantwortung.

Verlange nichts. Gib alles, was du geben kannst.

Liebe von Herzen, ohne geliebt werden zu wollen. Willst du dies, so kannst du es.

Fühle dich getragen auf den Schwingen des dir innewohnenden göttlichen Lebens.

Im Lichte deiner strahlenden, selbstlosen Liebe wird sich um dich herum alles in Harmonie finden.

Wenn du heute säst, wirst du zur rechten Zeit ernten.

Sieh' in die Seele deines Gefährten. Liebe seinen göttlichen Lebenskern.

Deine Liebe sei wie ein Fels, unerschütterlich. So auch dein Glaube.

Darauf kannst du deinen Tempel bauen. Halte ihn rein von schlechten Gedanken, Versuchungen und Zweifeln.

Frage dich immer, was dich daran hindert, innerlich fröhlich zu sein, selbst in schweren äußeren Umständen. Löse dies auf.

So wirst du immer freier, unabhängig von allen dich scheinbar bestimmenden Kräften. Als glücklicher Mensch gehst du deinen Weg und erfüllst deine Bestimmung.

Resonanz in Liebe

Es ist unser fundamentales Bedürfnis, in Liebe zu sein – mit uns selbst, mit anderen Menschen, mit Dingen, mit Tätigkeiten, letztlich mit allem, was ist.

Weil wir Liebe sind, wollen wir sie erfahren, immer wieder, bis wir realisieren, dass die Liebe immer da ist, dass unser SEIN immer jetzt da ist, dass ICH BIN immer gilt.

Dies zu erleben, bedarf keiner bestimmten äußeren Form, denn wir können mit allem in Resonanz treten, wenn wir offen sind. Tatsächlich sind wir mit allem in Resonanz, denn es gibt nur ein Bewusstsein, ein großes Sein. Was uns trennt, ist lediglich unsere eigene, egoistische Enge, unsere Illusion des Getrenntseins.

Die Verwirklichung dieser Erkenntnis bedeutet Friede, Freiheit, Vollkommenheit, ewige Liebe.

Du bist etwas viel Größeres

Wenn du in irgendwelche Probleme verstrickt bist: mache dir klar: Du bis etwas viel Größeres als diese momentane Problematik.

Sei es ein Festhalten an bestimmten Gewohnheiten, Süchten, seien es materielle Probleme oder mit der Arbeitssituation, Beziehungsprobleme, körperliche Probleme …

Erhebe dich, erlange eine weite innere Schau, ein Erleben deiner wahren, ewigen Größe, die dir in deiner ganzen wunderbaren Dimension vielleicht verborgen bleibt. Aber du kannst eine Ahnung davon haben, und dann relativiert sich dein Problem, es wird geringer gegenüber dem Großen, Wunderschönen, das du in Wahrheit bist. Du bist eine einzigartige Göttliche Idee, unvergleichbar, unbeschreibbar, und in deinem Weiterschreiten erkennst du dich immer mehr.

Und damit beginnt sich deine Problematik auch zu lösen, an Gewicht zu verlieren. Du kannst wieder ruhig sein und weißt dich geliebt und geborgen in der Allmacht des Absoluten, Vater-Mutter. Du vertraust, und die Lösung kommt einfach zu dir.

Die Kraft (aus einem Brief)

Meditiere einmal über die Kraft, die alles Leben sekündlich entstehen lässt, mit einer unfassbaren Liebe und Gnade, Phantasie und Großzügigkeit, mit Genauigkeit, Humor, Weite, Schönheit, Tiefe, mit unendlicher Vielfalt und absoluter Weisheit.

Wie du diese Kraft nennen möchtest – das Absolute, Gott oder mit anderen Worten –, ist gleich. Wichtig ist, dass du sie für DICH definierst, fühlst, sodass du, wenn du sie anrufst, ganz klar die Höchste Kraft anrufst.

Mich machen solche Gedanken froh, ehrfürchtig und zutiefst dankbar. Die Herrlichkeit Gottes zu loben, wie der heilige Franz von Assisi es in seinem Lobgesang tat, ist eine wunderbare Sache.

Also, wenn es denn eine solche Quelle höchster Weisheit, Liebe und Schöpferkraft gibt und wir sie anrufen dürfen, können und auch sollen, dann ist das ein ständiges Gebet, und es wächst die stetige innere Verbindung. Dann werden wir genährt zu unserem Besten, mit Lebenskraft versorgt und mit allen nötigen Impulsen ausgestattet, die uns den jeweils nächsten Schritt aufzeigen.

Nur faul sein sollten wir nicht. Die Kraft fordert uns auch. Ein gutes, nützliches Instrument muss gestimmt sein, tausendfach erprobt, wir müssen es „wert“ sein, dass uns mehr Impulse gegeben werden. Was würde es nutzen, wenn wir Aufgaben bekämen, die wir auszuführen gar nicht in der Lage wären?

Also sollten wir uns schrittweise bemühen, an kleinen Aufgaben üben, am Nächstliegenden. Unsere Seele will in ihren ganz eigenen, individuellen Ausdruck kommen, will sich offenbaren. Das erfordert unsere fortwährende Übung und ständige Weiterentwickelung, ein Ent-wickeln.

Ein inneres Lauschen und Handeln. Dein Wille geschieht, jetzt. Danke.

„Du Vater-Mutter, mache mich zum vollkommenen Instrument Deiner Liebe und Weisheit und Kraft.“

Horche innerlich auf das, was dich zutiefst erfüllt, was du gerne ins Leben bringen willst, gerne tust. Zaudere nicht, es zu versuchen. Scheue keine Mühe, akzeptiere keine Hindernisse.

Meditation ist absolut kein Selbstzweck, sie ist ein Werkzeug, um sich mit der Quelle zu verbinden, innezuhalten und sich immer wieder aufzuladen mit der Kraft des Heiligen Geistes.

In der Stille des Herzens und des Geistes empfängst du alles Nötige. Spüre, wie die Kraft der Quelle in all deinen Zellen pulsiert.

Ein Vorschlag: Wann immer du die Zeit hast, meditiere jede Stunde etwa fünf bis zehn Minuten. Verbinde dich immer wieder mit DER KRAFT. Dann wird sie nach und nach in alle Zellen einfließen. Probier‘ mal, über Wochen . . .

Das Essenzielle

ist, sich täglich für eine gewisse Zeit mit der Quelle in dir – in uns – zu verbinden, dem Christus in dir, wenn du so willst, und daraus alle Kraft und Inspiration zu schöpfen. Die Quelle, das Absolute, ist das Höchste was es gibt, unvorstellbar liebevoll und weise – was willst du mehr, als direkt und maßgeschneidert von ihr inspiriert zu werden? Aber nur im Handeln, in der Anwendung erfährst du die Wirkung.

Eine Meditation

Stelle dir vor, du schwebtest frei im offenen Raum. Es ist dunkel. Nichts Bekanntes umgibt dich. Du hast nur dich selbst als Bewusstsein. Das ist dein einziger Halt in diesem Moment. Es gibt absolut nichts, was dich irgendwie stören oder ängstigen könnte. Du kannst ganz entspannen in diesem weiten, offenen Raum. – Da ist unendlicher Friede. Stille. Und tiefe Dankbarkeit.

Unruhe

„Das Bemerken der Unruhe nimmt zu“ – du wirst dir der Unruhe bewusst, die ständig in dir ist, und das ist ein wichtiger Schritt. Dann lernst du allmählich eine andere Ebene kennen, aus der du die Unruhe beobachten kannst. Wenn du ihr immer weniger „Nahrung“ gibst, wird sie sich nach und nach beruhigen. Du erkennst, dass du diese Unruhe NICHT bist, sondern dass es eine mechanische Gewohnheit des Geistes ist, unruhig zu sein.

Verbinde dich mit dem Atem, verlangsame ihn. Dann nimmt auch die Gedankenfrequenz ab. Pranayama.

Oh Du!

Oh du Unruhe, du erinnerst mich an die Stille in mir.

Oh du Sehnsucht, du erinnerst mich an die
glühende Liebe in meinem Herzen.

Oh du Verzagtheit, du erinnerst ich an meinen Mut,
der auch in mir ist.

Oh du Schmerz, du erinnerst mich an mein
wonniges Wohlgefühl.

Oh du Zweifel, du erinnerst mich an mein
tiefes Vertrauen.

Oh du Furcht, du erinnerst mich an meine
freudige Hoffnung.

Oh du abgrundtiefe Dunkelheit und Verzweiflung,
du erinnerst mich an das ewige Licht in mir.

Oh Du!

Lass es ziehen

Nicht, dass Gedanken grundsätzlich schlecht wären, oh nein, auch sie sind göttlicher Natur und ein Geschenk unseres Geistes. Nur hänge nicht an ihnen fest, lasse sie ziehen, gehe über sie hinaus.

Nicht, dass Gefühle grundsätzlich schlecht wären, oh nein, auch sie sind göttlicher Natur, nur hänge nicht in ihnen fest, schwelge nicht in ihnen, lasse sie wieder ziehen, gehe über sie hinaus.

Nicht, dass Besitz … dass Sex … dass die schönen und angenehmen Dinge des Lebens zu verachten wären, oh nein, auch sie sind göttlicher Natur, nur hänge nicht an ihnen fest, gehe über sie hinaus.

Halte an gar nichts fest. Wenn es gehen will, lass es ziehen.

In der Meditation üben wir den Geist ganz zu entleeren, nichts festhaltend.

Hindernisse

Wenn man den spirituellen Weg ernsthaft zu gehen beginnt, können verschiedenste Hindernisse und Schwierigkeiten auftreten. Das ist normal, muss aber richtig verstanden werden. Wenn du Schmutz in einem Wasserglas aufwirbelst, ist das Wasser eine Weile lang trüb, aber dann setzt sich der Schmutz und das Wasser wird wieder klar. Neuordnung.

Sich mit klar definierten Energien zu verbinden ist etwas anderes, als „nur" Stille zu üben, auch wenn es auf dasselbe hinausläuft, aber der Weg ist einfacher, direkter, klarer. Dieser Zusammenhang sollte deutlich sein.

Unsere Natur ändert sich, wird klarer, alte Kräfte verlassen uns, und das kann irritierend sein. Schlussendlich wird ja das Ego aufgelöst, oder zumindest transformiert, und das ist nicht immer verständlich oder angenehm.

Wie du dich fühlst, mal so oder so, ist in diesem Sinne unerheblich. Wichtig ist, dass du weitergehst, weiter meditierst, dich mit den hohen Kräften verbindest. Dann geschieht alles auf gute Weise.

Erkennen – und handeln. Situationen tauchen auf, du handelst, dann ist es vorbei, man kann die Ergebnisse nicht festhalten, aber du weißt, du bist innerlich geführt von deinem inneren Meister, kannst absolut vertrauen, und auch in Zeiten von Leere oder Irritation bist du dir deiner selbst – des SELBST – bewusst.

Da ist ein tiefes Vertrauen ins Leben, in die innere Führung, durch Erfahrung. Der Kopf ist da manchmal hilflos.

To a friend

If you wish, practice this:

Sit down, quietly, undisturbed for 10 – 20 min. daily, head and body erect, relaxed.

Observe your breath coming and going.

Then consider: Who is the watcher, the witness of the breath?

Thoughts come and go, sensations come and go. Who is the witness?

Go deep in this quest, find out about your SELF.

The golden middle way

Go to the source every day for some time. Dwell in that place inside, which is beyond all manifestation. The place of eternal love, peace, freedom, non identification. Seek the harmony of that place, and then bring it into your daily life.

Just as you try to play a good solo, shape your life in a beautiful way. When there have been turbulences, balance them with peaceful things.

This is the golden middle way, always coming back to the harmony in all things, seeking the source inside you.

God is abundance

His/Her resources and wisdom are limitless.

In deep meditation, connecting with God or „The Source“ you can receive inspiration of how best to realize your wishes and needs. It is beyond the mind. But the mind receives the inspiration. And then it needs action.

All creation is God’s expression. All life is divine. All beings are his manifestation in form. How can you say: this is from God, this not?

Finally free

You can transcend all your desires, dissolve all your Karma, and become a direct, spontaneous expression or manifestation of the Devine. Then you are free.

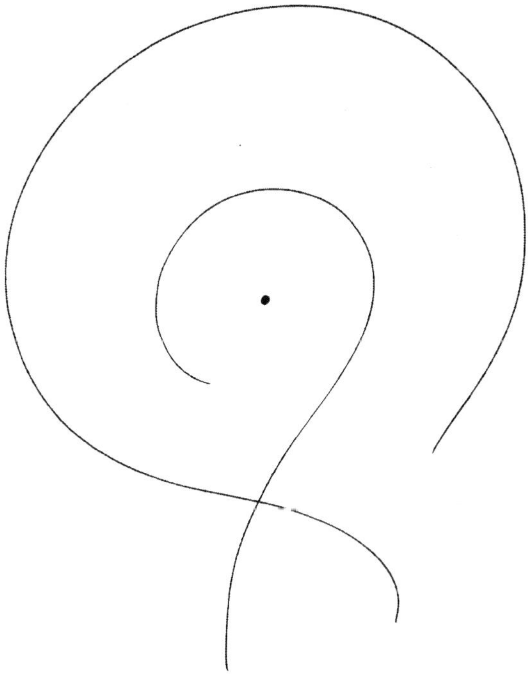

Sich geben (w)

Der Weg der Einswerdung mit Gott besteht darin, sich hinzugeben. Eine völlige Hingabe von allem, was du bist, denkst und tust, an Sie, die Schöpferin deiner Natur, die Erhalterin deines Lebens, die dir jederzeit hilft, das loszulassen, was dich daran hindert mit Ihr eins zu werden.

Ihre unendliche Liebe zu dir hält eine unermessliche Kraft bereit, die dich erhebt und befreit von allen Sorgen und Nöten. Es gibt nichts, was du Ihr nicht anvertrauen, darbringen könntest. Mit offenen Armen empfängt Sie dich. Ihre Liebe ist grenzenlos, sie stellt keine Bedingungen.

Ständig ist Sie bei uns, ja in uns. Sie lebt in uns. Tatsächlich sind wir ein untrennbarer Teil von Ihr. Sie lebt in uns. Durch uns drückt Sie sich aus, verkündet Sie Ihren Willen. So obliegt es alleine uns, Ihrem Willen zu folgen. Darin liegt wahrhaft unser größtes Glück. Je mehr wir dies vermögen, desto mehr haben wir Teil an Ihrer unermesslichen Güte, Liebe und Kraft.

In uns ruht das ganze Geheimnis des Seins.

Sich geben (m)

Der Weg der Einswerdung mit Gott besteht darin, sich hinzugeben. Eine völlige Hingabe von allem, was du bist, denkst und tust, an Ihn, den Schöpfer deiner Natur, den Erhalter deines Lebens, der dir jederzeit hilft, das loszulassen, was dich daran hindert mit Ihm eins zu werden.

Seine unendliche Liebe zu dir hält eine unermessliche Kraft bereit, die dich erhebt und befreit von allen Sorgen und Nöten. Es gibt nichts, was du Ihm nicht anvertrauen, darbringen könntest. Mit offenen Armen empfängt Er dich. Seine Liebe ist grenzenlos, sie stellt keine Bedingungen.

Ständig ist Er bei uns, ja in uns. Er lebt in uns. Tatsächlich sind wir ein untrennbarer Teil von Ihm. Er lebt in uns. Durch uns drückt Er sich aus, verkündet Er Seinen Willen. So obliegt es alleine uns, Seinem Willen zu folgen. Darin liegt wahrhaft unser größtes Glück. Je mehr wir dies vermögen, desto mehr haben wir Teil an Seiner unermesslichen Güte, Liebe und Kraft.

In uns ruht das ganze Geheimnis des Seins.

ES

Es kann nicht benannt werden.

Es ist, jetzt, Ich Bin, jetzt.

Alles Sprechen darüber drängt Es zurück, verzerrt es.

Es ist, Es wirkt, sprachlos.

Dein Name ist heilig, ganz und unaussprechbar.

In vollkommener Ordnung offenbart Es sich in jedem Bruchteil einer Sekunde.

Jetzt.

Verständnis

Das kleine Verständnis

Ich bin eine Person mit ganz bestimmten Eigenschaften. Ich definiere mich über diese Eigenschaften und über all meine Beziehungen zur Welt, meinen Status, meinen Besitz, meine Erinnerungen sowie meine Wünsche und Ziele.

Das mittlere Verständnis

Ich bin Bewusstsein. Die natürliche Eigenschaft des Bewusstseins ist zunächst die Leere, oder Leerheit, vollkommen autark und selbstgenügsam. Im Bewusstsein kann alles in Erscheinung treten, meine Person, alle Personen, die Welt, das Universum, alles Greifbare, Sichtbare, Denkbare – einfach alles.

Das hohe Verständnis

Ich bin jenseits von allem, was beschreibbar, denkbar, erkennbar, benennbar ist. Unaussprechlich, allgegenwärtig.

Ich Bin, eins mit der Quelle.

Alles Ist (in mir), Ich Bin (in Allem).

Zur Lehre von Sri Nisargadatta Maharaj

Es gibt eine höchste Realität jenseits von Zeit und Raum. In ihr erscheinen Zeit und Raum, die Welt, unsere Körper und unser wahrnehmender Verstand. Diese höchste Realität existiert jenseits von allen Phänomenen und doch entsteht alles aus ihr.

Diese höchste Realität ist »Jetzt«, und dieses »Jetzt«, dieser Augenblick, beinhaltet die gesamte Ewigkeit. Der Verstand kann dies nicht fassen, und doch erleben wir es.

Alle Vergangenheit ist Erinnerung, alle Zukunft Projektion. Zeitlos leben wir im Jetzt. Alt und jung sind relative Begriffe. Folglich ist es so, dass wir Zeit nur dann erleben, wenn wir uns mit unserem Körper und unserem Verstand, mit unserer derzeitigen Persönlichkeit, identifizieren. Verlagern wir unser Bewusstsein in das Absolute, löst sich Zeit auf, und es gibt allein das ewige Sein.

Als Hilfe zu dieser uns allen zugänglichen Erfahrung gibt es zwei Worte: ICH BIN. Sie meinen das unpersönliche ICH, das Gewahrsein, den Beobachter, die Konstante, die immer ist. Alle veränderlichen Zustände des »Ich« sind nicht die wahre Realität.

»Alles Leiden entsteht aus der Identifikation des Wahrnehmenden mit dem Wahrgenommenen.« (Sri Nisargadatta Maharaj)

Das reine Sein ist frei von Leiden und Freuden, jenseits aller Dualität, ist Glückseligkeit und Frieden.

Womit wir uns identifizieren

Wenn wir uns mit unserem Körper identifizieren, werden all seine Befindlichkeiten unser Lebensgefühl bestimmen und uns ganz in Anspruch nehmen.

Wenn wir uns mit unseren Gefühlen identifizieren, werden sie unser Dasein vollends bestimmen.

Wenn wir uns mit unseren Gedanken identifizieren, werden wir gänzlich von ihnen bestimmt, alle positiven wie negativen Gedanken werden sich in unseren Gefühlen und im Körper ausdrücken und unser Leben formen.

Wenn wir uns mit unserem Namen, unserem Beruf, unserem Besitz, mit unserer Familie, unserem Volk, unserer Religion, einem bestimmten Ort, oder mit unseren Werken identifizieren, wird alles, was damit zu tun hat, unser Lebensgefühl bestimmen.

Wenn wir uns mit dem Heiligen, Unendlichen und Ewigen Geist des Guten identifizieren, so sind wir frei und glücklich. Nie kann uns etwas genommen werden oder zustoßen, weil wir uns von allen Erscheinungen befreit haben und stets unwandelbar in Frieden SIND.

Alles entsteht und vergeht, doch ICH BIN. Das Zentrum des Rades, die Nabe, TAO.

Jenseits

Jenseits meines Körpers
bin ich.

Jenseits aller körperlichen Zustände
bin ich.

Jenseits aller sinnlichen Wahrnehmungen
bin ich.

Jenseits all meiner Empfindungen und Gefühle
bin ich.

Jenseits all meiner Gedanken
bin ich.

Jenseits all meines Wissens, meiner Kenntnisse
bin ich.

Jenseits all meiner Wünsche und Träume,
Ideen und Visionen
bin ich.

Jenseits all meiner Hoffnungen,
Erwartungen und Vorstellungen
bin ich.

Jenseits meines Unvermögens,
meiner Zweifel und Enttäuschungen
bin ich.

Jenseits aller Erschütterungen und Schicksalsschläge
bin ich.

Jenseits aller Eindrücke, Erlebnisse, Erfahrungen
bin ich.

Jenseits aller karmischen Verstrickungen
bin ich.

Jenseits von Geburt und Tod
bin ich.

Jenseits von Zeit
bin ich.

Das namenlose,
reine,
unveränderliche,
ewige Göttliche Sein,
das

ICH BIN.

Ich bin der ich bin

»Die Wahrheit wird euch frei machen.«

Es kann nicht sein, dass nur eine auserwählte Gruppe von Menschen zum Heil findet, dass nur ein bestimmter Glaube, nur ein Gottmensch zum Heil führt. Das wäre ein Missverständnis.

Alle Menschen atmen dieselbe Luft, unsere Körper sind aus demselben Stoff gemacht, unsere Hoffnungen, Nöte, Empfindungen sind die gleichen. Wir denken zu 99 Prozent ganz Ähnliches, weltweit.

Jeder Mensch sehnt sich zutiefst nach Liebe, Geborgenheit, Glück und Frieden.

Lasst uns auf das Wesentliche schauen, die Tatsachen unseres Seins: Du bist, ich bin. Das kann niemand bestreiten oder widerlegen. Morgens erwachen wir im Bewusstsein unserer selbst. Dann ereignen sich im Bewusstsein alle erdenklichen Dinge: Körperliche und sinnliche Empfindungen, Gefühle, Gedanken und alle sonstigen Eindrücke werden wahrnehmbar. Sie alle könnte man als Phänomene beschreiben, die im Bewusstsein erscheinen. Jedes Phänomen hat eine zeitlich begrenzte Dauer: Ein Geräusch kommt und geht, ein Gefühl erscheint und verblasst, ein Gedanke taucht auf und verschwindet wieder, unser Körper wandelt sich beständig in allen Zellen. Nichts hat Bestand.

Bestand hat nur das konstante Bewusstsein: Ich bin. Dies ist eine zeitlose, unveränderliche Tatsache, losgelöst von allen Umständen der Person, die wir nach außen darstellen. Wir können erleben, dass das ICH BIN absolut real und konstant ist, gerade wenn das Bewusstsein leer ist, und sei es nur für einen Moment, ohne Inhalt, ohne Eindrücke oder Gedanken. Der sogenannte gedankenfreie Zustand bezeugt unser Sosein, das ICH BIN. Einmal in diesem Zustand angelangt erahnen wir das Gefühl eines größeren Seins, in das wir eingebunden sind, dessen Teil wir sind.

Und wie sollte es auch anders sein: Wir sind ja ganz offensichtlich ein Teil des großen Lebens, der Quelle des Lebens, sonst wären wir nicht bewusst und träten als Körper nicht in Erscheinung. Wir haben uns ja nicht selber gemacht, sondern empfangen das Leben tagtäglich wieder neu – ja, in jedem Moment manifestiert sich die Quelle, das Absolute, in unzähligen Formen auf immer neue Weise. Wie es so schön in einer Metapher heißt: Wir sind die Tropfen im Ozean. Oder noch schöner: Der gesamte Ozean reflektiert sich in jedem einzelnen Tropfen. Werden wir uns dessen bewusst, können wir die Tiefe und Weite des Ozeans spüren, unser unbegrenztes Potenzial, sowie die Einheit aller Wellen, allen Lebens. Das gibt Vertrauen, Geborgenheit, Frieden, Glück.

Die Quelle in uns, die Quelle von Allem, Gott, ist das Leben, das sich in und durch uns manifestiert. Und wir fühlen noch etwas Wesentliches: Die Quelle in uns hat eine ganz besondere Qualität: Liebe. Aus Liebe wird die Schöpfung in jedem Moment neu geboren, und wir – du, ich – sind untrennbarer Ausdruck dieser Liebe. Das kann uns bewusst werden. Das ist das Erwachen, das ist das Himmelreich in uns, dann sind wir neu geboren im Geiste.

Jesus hat das bezeugt und gelehrt. Schauen wir auf sein Leben, nicht auf seinen Tod. »Ich und der Vater sind eins.« Jesus war sich der Einheit mit der Quelle in ihm bewusst. »Folgt mir nach« – auch wir können das erkennen. ICH BIN ist der Weg, die Wahrheit, das Leben.

„Ich bin der ich bin." Das Leben, Gott, die Quelle, das Absolute, ist - wird - sich seiner selbst bewusst. Das ICH BIN ist Weg zur Erlösung, zur Auferstehung. Erkennen wir die Wahrheit, macht sie uns frei. Das ist kein Glaube an etwas, sondern eine Glaubenserfahrung durch ein tiefes Erkennen, Verstehen, Erfühlen, Erfahren des SO IST ES. AMEN meint das, OM meint das.

Welten

Welten ziehen durch mich hindurch,
der ich bin

Freude erfüllt mein Wesen,
das ich bin

Einsamkeit zuweilen in mir,
der ich bin

Verwirrung gar ergreift das Gemüt dessen,
der ich bin

dann wieder tiefer Frieden in mir,
der ich bin

Dunkelheit und Licht in mir,
der ich bin

Liebe,
die Ich Bin.

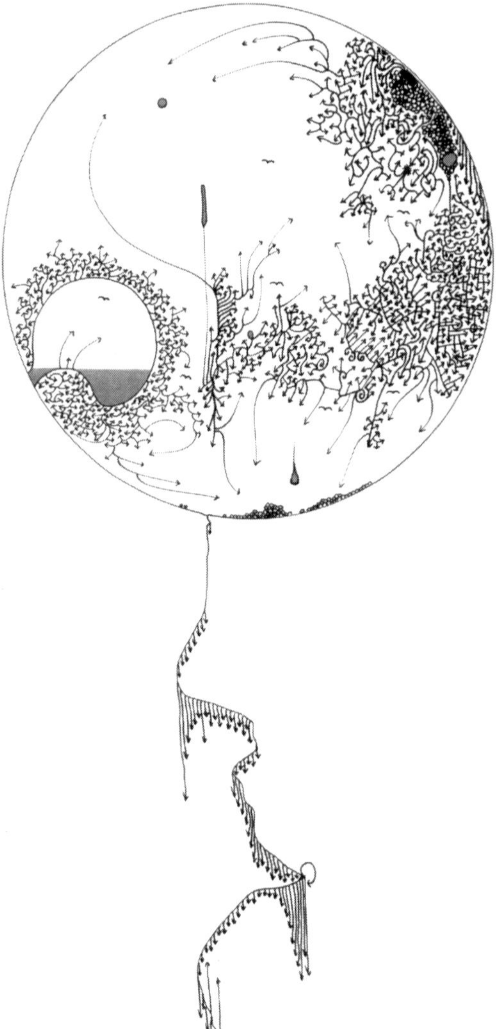

In Frieden sein

In Frieden sein mit mir.
In Frieden sein mit meinem Körper.
In Frieden sein mit meinen Gefühlen.
In Frieden sein mit meinen Gedanken.

In Frieden sein.

In Frieden sein mit meiner Familie.
In Frieden sein mit meiner Umgebung.
In Frieden sein mit meiner Aufgabe.
In Frieden sein mit der Welt.

In Frieden sein mit dem, was ist.

In Frieden sein mit Schmerzen, Problemen,
Herausforderungen und den nötigen Veränderungen.
In Frieden sein mit dem, was getan werden will.

IM Frieden sein.

Respekt

Wie finden wir Frieden miteinander? Nur, wenn wir uns gegenseitig respektieren. Jeder hat andere Bedürfnisse, kulturell, sozial, religiös. Wir müssen diese Bedürfnisse anerkennen und ihnen Raum geben. Im Gegenzug können wir erwarten, dass auch die anderen sich so verhalten, respektvoll, und uns unseren Raum zugestehen. Wenn dies Völkergruppen oder ganze Nationen betrifft, so gilt dasselbe.

Konflikte können wir nur nachhaltig lösen, wenn wir in einen direkten Austausch, Dialog treten. Wir müssen ganz genau hinhören und fragen: Was wollen diese Menschen wirklich?

Es gibt für alles eine Lösung. Es mag Kraft, Zeit und Geduld kosten, aber jeder Konflikt ist lösbar.

Das oberste Ziel sollte ein gegenseitiges Verständnis sein, eine Harmonie unter den Menschen, Völkern. Respekt.

Dies verlangt aber auch, dass die Global Player, die bislang ihre wirtschaftlichen Interessen rücksichtslos verfolgen, zukünftig respektvoller und zurückhaltender agieren. Ein freiwilliger Verzicht auf die eigenen Interessen wäre vielerorts angesagt.

Bleibt die Frage, ob wir kollektiv einen Bewusstseinswandel vollziehen wollen, indem wir unsere Aufmerksamkeit auf aufbauende, lebensfördernde Dinge lenken.

Das würde allerdings auch heißen, keine Waffen mehr zu fabrizieren und zu verkaufen, keine Tiermorde zu begehen, keine gewaltverherrlichenden Filme herzustellen und vieles andere – ein scheinbar unmögliches Ziel.

Sind wir an der Schwelle zu einem großen kollektiven Schritt? Wollen wir?

Botschaft zum Nahen Osten

Freunde des Lebens, Freunde der Erde, Israeliten, Palästinenser, Iraker, Syrer, Iraner und Jemeniter, und alle, die ihr streitet: Hört auf zu kämpfen, sucht andere Lösungen, geht neue Wege. Versteht, vergebt, liebt. Was wir denken, wünschen und wollen – daraus geht unsere Realität hervor. Erschaffen wir gemeinsam eine schönere, bessere Welt. Denkt dies, wollt es, tut es, betet dafür. Das ist alles. Ich wünsche Euch einen wunderschönen Tag!

Ein Appell

Die westliche Expansionspolitik ist in vielfacher Weise aggressiv. Jede Aggression ruft eine Gegenkraft auf den Plan, die dann als Feind gegenübersteht. Wer willentlich Konflikte schürt, Kriege anzettelt, wer Waffen exportiert, wer Rohstoffe und andere Ressourcen ausbeutet, wer Meere leer fischt, wer Natur verwüstet, wer versucht, andere Länder und Völker wirtschaftlich und politisch zu dominieren, der muss sich nicht wundern, wenn sich Gruppen bilden, die diese Methoden und ihre Verursacher verachten, hassen und schließlich bekämpfen.

Führer der Nationen, Lenker der großen Wirtschaftskonzerne: Haltet ein, denkt um, besinnt Euch auf die wahren menschlichen Werte. Die sind ganz einfach, nämlich die, die ihr euch für euch selbst und eure Kinder wünscht. Überlegt neu, wie alle Menschen in Frieden miteinander leben können, als Schwestern und Brüder in einer glücklichen Weltgemeinschaft.

Aber das wollt ihr nicht. Ihr wollt diese Konflikte, wollt euren Vorteil, weil ihr daran verdient. Und ihr tut es ganz bewusst, ihr schert euch nicht um das Schicksal von Millionen Menschen. So aber geht es nicht weiter. Es wäre absolut möglich, dass alle Menschen in Frieden leben, genug zu essen haben, ein Heim haben, Bildung und Gesundheit genießen und ihr Potenzial verwirklichen können. Nur müssen wir das alle wollen. Umdenken. Neu denken. Neu handeln. Ehrlich, gerecht, respektvoll.

Globales Bewusstsein

Was kann das heute bedeuten? Durch die rasante Entwicklung auf (fast) allen äußeren Ebenen können wir uns heute mehr denn je als eine Menschheitsfamilie begreifen. Jeder Mensch könnte – sagen die Buddhisten – einmal deine Schwester, Mutter, Tochter, dein Bruder, Vater, Sohn (gewesen) sein.

Die weltweite Vernetzung auf technischer Ebene durch die fantastischen Transport- und Kommunikationsmöglichkeiten, die weitreichenden wirtschaftlichen Verflechtungen, die gemeinsame Sorge um den Erhalt des Gleichgewichts in der Natur, die Anteilnahme am Schicksal so vieler Menschen weltweit, all diese Dinge verbinden uns zutiefst.

Die allermeisten Menschen sehnen sich nach Frieden, Sicherheit, nach Freiheit, nach guten Entwicklungsmöglichkeiten, Wohlstand, nach guter Gesundheit – kurzum: nach menschlichem Glück.

All dies ist möglich, wenn wir uns kollektiv so verhalten, dass wir niemanden schädigen, weder die Erde und die Natur noch die Tierwelt oder andere Menschen. Wie schwer aber ist das! Und doch ist es unsere heutige Aufgabe, diesen Schritt im Inneren und Äußeren zu vollziehen.

Es ist Zeit für ein globales Bewusstsein, in dem sich jeder Mensch mitverantwortlich fühlt für das Ganze. Ein enormes Erwachen geht um die Welt. Es fühlt sich tatsächlich neu an: EINE Erde, deren physischer Teil wir sind, EINE

Menschheitsfamilie, und allen darf und soll es gut gehen. Was verändert das in deinem Verhalten, in deinem Fühlen und Denken?

Wer Gewalt sät . . .

Das Pendel schlägt – fast – so weit zurück, wie es angestoßen wurde. Alle tragen wir Gewalt und Aggressionen in uns, oft subtil. Gewalt schwingt in der Atmosphäre der Erde, wir schnappen sie unreflektiert auf. Millionen Tiere werden täglich misshandelt oder getötet, ebenso zahllose Menschen, oft Kinder. Es gibt über 100 Millionen Straßenkinder weltweit. Es gibt, so hörte ich, derzeit 42 Kriege auf der Erde, 65 Millionen Flüchtlinge und Vertriebene.

Die Schöpfung ist ein ganzheitliches System. Da alle Wesen miteinander verbunden sind, ist das Leid aller Wesen auch unser Leid.

Woher kommt Gewalt überhaupt? Es gibt vielfältige Ursachen, allein darüber könnte man ein Buch schreiben. Aggression ist für viele interessant, faszinierend (der Bildzeitung-Effekt). Sie rührt an den Urinstinkt des Menschen. Das weiß die Film- und Unterhaltungsindustrie ganz genau. Viele Medien verherrlichen und multiplizieren Gewalt. Grausamkeit ist bis zu einem gewissen Punkt spannend, bevor sie sich dann ins Gegenteil verkehrt und Ekel hervorruft. Gewaltverherrlichende Computerspiele für Kinder hier, Horrorfilme, Kriegsspiele der Erwachsenen dort – Terroranschläge als Überlaufventil eines gestörten geopolitischen und geosozialen Gefüges.

Hat der Mensch das Recht zu töten? Ob es Militär, CIA oder eine andere machtvolle Institution ist, ob Schwerverbrecher zu bestrafen sind – ich denke: NEIN! Alles Leben auf Erden ist heilig, und kein einzelner Mensch, keine Regierung und keine Nation darf sich anmaßen, über Leben und Tod eines anderen Menschen zu richten.

Einsperren – ja, auch lebenslänglich, wenn nötig. Aber man weiß nie, ob ein Täter nicht noch in der letzten Minute des Lebens eine vielleicht wesentliche Erfahrung macht, ob nicht eine tiefgreifende Erkenntnis den Saulus zum Paulus werden lässt.

Nun, in absoluter Notwehr wird man sich wehren müssen, aber soweit es irgend geht, ist das Leben des anderen zu schonen. Bitten, dass die eigene Kugel den anderen nur kampfunfähig macht, ihn aber nicht tötet. Und sollte er doch durch erzwungene Notwehr sterben müssen, so bete ich für ihn.

Auch Gewalt zwischen den Geschlechtern oder an Kindern ist ein Symptom, das überall zu finden ist. Gewalt abreagieren am Nächsten, unkontrolliert … Wir lieben nicht nur andere nicht, sondern auch uns selbst nicht. Wir tun uns täglich selbst Gewalt an. Verkennen – als Männer – das Weibliche in uns, vergewaltigen unsere Gefühle, die von Selbstsucht, Machtwille und Darstellungsdrang überlagert sind.

Nur der ist gewaltfrei, der in sich selber Frieden gefunden hat, der mit sich und der Welt im Einklang ist.

Jeder Mensch hat das Bedürfnis nach Liebe.

Liebe wird jedoch nur dann spürbar, wenn sie in Bewegung ist, sei es, dass wir sie empfangen, sei es, dass wir Liebe schenken. Wessen Herz ausgetrocknet ist, wer unfähig wurde, Liebe zu spüren – vielleicht, weil er sie als Kind schon nicht genügend erfahren durfte –, der richtet die große Lebenskraft gegen sich oder andere, ein

Zerstörungsprozess beginnt. Auch, oder gerade so entsteht Gewalt.

Die Gewalt, das sogenannte Böse, in sich selbst zu wandeln, ist Arbeit an sich selbst und verlangt den bewussten Willensentscheid des Einzelnen für die Liebe, für den Frieden.

Glücklicherweise ist auch sehr viel guter Wille überall spürbar. Ich habe Hoffnung.

Empörung

Ein Freund: Wie kann der Präsident eines großen Staates (Barack Obama) einen Friedensnobelpreis entgegennehmen, gleichzeitig Krieg führen und Letzteres auch noch rechtfertigen – als notwendig für den Frieden? Und, noch schlimmer, die Welt pflichtet ihm bei, akzeptiert das!

Zur Weltbevölkerung – und unserer kollektiven Verantwortung

70 Millionen Menschen sind derzeit auf der Flucht, mehrere hundert Millionen migrieren angeblich. Die Bevölkerungszahl Afrikas wird sich – wenn nichts anderes geschieht – in den nächsten 30 Jahren verdoppeln.

Wir sollten die immer weiter zunehmende Weltbevölkerungszahl im Blick haben, und besonders an den Brennpunkten der Erde, wo am meisten Menschen geboren werden, Informationen verfügbar machen, damit alle – auch die ärmsten Familien – wissen, wie viele Menschen wir derzeit sind und dass mehr Kinder zu bekommen heutzutage nicht mehr Glück oder Absicherung bedeutet, sondern dass sich die vielfältigen Probleme unserer Zeit noch weiter verstärken werden und dass, sollten wir bald zehn Milliarden Menschen auf der Erde werden, noch mehr Leid zu vielen Menschen kommen könnte.

Aber wir können durch Erkenntnis anders, bewusster handeln. Bildung für alle, Frauen wie Männer, ist essentiell. Fünf bis sechs Milliarden Menschen wären genug auf diesem Planeten, dann würde sich vieles entspannen. Ich bin mir bewusst, dass dieses Umdenken zahlreiche Glaubenssätze und Bräuche infrage stellt. Es sollte daher achtsam erörtert werden. Es geht um eine globale Bewusstheit, unsere kollektive Verantwortung.

Die Krise

Jede Krise birgt in sich eine Chance der Neuordnung. Krisen sind positiv zu sehen. Alte Strukturen, die der Menschheit nicht mehr dienlich sind, lösen sich auf. Das erzeugt zunächst Irritationen, aber aus dem Chaos entstehen neue Strukturen, die hoffentlich besser sind.

Die alten, oft auf Angst- und Machtmustern beruhenden Strukturen, wollen nicht weichen, sie bäumen sich auf und kämpfen um ihr Überleben. Eine neutrale Haltung ihnen gegenüber lässt sie ins Leere laufen. Wenn man ihnen keine Nahrung mehr gibt, werden sie sich wandeln müssen.

Was können wir also tun? Den persönlichen und kollektiven Ängsten keine Nahrung geben. Jedes Problem birgt die Lösung in sich. Sie wird sich zeigen. Vertrauen. Jeden Tag in die Stille gehen, sich verbinden mit den guten geistigen Kräften. In der Stille empfangen wir die Impulse, die uns zum sinnvollen, notwendigen – die Not wendenden – Handeln anleiten. Der nächste Schritt wird intuitiv erkannt, das genügt. Wir müssen nicht von Anfang an die ganze Lösung kennen. Im ständig sich wandelnden Muster können keine genauen Voraussagen gemacht werden, alles ist vernetzt und beeinflusst sich gegenseitig. Jeder positive Impuls jedoch ändert das Bild.

Und wir können in der Stille eine liebevolle, mitfühlende Schwingung in die ganze Schöpfung aussenden.

Der Dalai Lama sagte: »Loving kindness is my religion.«

Dear Mr. Trump,

you are a powerful person, congratulations. You have understood how ideas can materialise. The next step might be to enlarge your vision, not only „America first", but „All beings first". The world is such a glorious place with space for everybody. We can produce enough food for everybody, provide good education and healthcare for everybody.

Only our will is decisive. Harmony for all beings: plants, animals and humans. Respect for everybody, no more wars, no more weapons necessary, peace between all nations. Personal or national wealth have no value, as long as others have to suffer for them. Join the family of loving people.

A letter to Israel

Dear Israelian People, dear Palestinensians,

I am one of almost eight billion people on this planet watching how the middle east drama continues year by year. I am deeply concerned. Your quarrels affect us all. Why can't you solve them once and for all ? It would be so simple: To cooperate, to support each other in every possible way, to share all resources, to coexist in a friendly way.

We all need a space to live, water, food, good education, social and medical care, and the freedom to think, speak and move. It is up to every one of us to contribute to a peaceful and happy world. We are waiting for you. This world badly needs more understanding, love, warmth, friendship, compassion and respect for each other.

Supportive coexistance - make it a reality – now.

PS: It is wonderful to see how recently Israeli and Palestinian women joined forces, stood up and marched for peace.

No more wars

Only a small minority of people on this planet is interested in wars. Some world leaders, politicians, representatives of the military, weapon makers, financiers. Maybe a few million people maximum.

But compared with the 7.5 billion people on this planet today, this is a very small group. Why do their words always carry so much weight?

Can't we stand up as humanity, the vast majority of people and speak out loudly: No more wars! Enough!!

So much suffering, killing is involved.

Can't we find better ways to communicate and argue if necessary?

In sports, olympics, championships, in art, music, theatre, politics … there are so many fields of expression where we can address our quarrels and fight on a much more sublime level if necessary.

Let's all be sure about our vision: NO MORE WARS ON THIS PLANET. Bring them to an end, forever!

If nobody supported wars anymore, they would be finished tomorrow. All atomic weapons could and should be abolished immediately - and all others too.

Let us all work on compassion, respect, support, acknowledgement of our cultural and religious differences, but, PLEASE, peacefully. We are one humanity, and we are all responsible for the future of our children and this precious planet Earth. Let us create a collective positive vision: a beautiful and healthy environment with a loving and joyful atmosphere.

I wish you all a wonderful future. May you be blessed.

My wish for the nearest future - points of orientation

1. Respect each other no matter what religion, nationality, race etc., humans respecting humans. We all have so much more in common than what makes us different - we all want to have enjoyable lives, shelter, enough healthy food, education for our children, wish to express ourselves freely etc.

2. Stop of all wars, stop all weapon manufacturing, weapons which ultimately always kill somebody. Immediate abolishment of all atomic bombs.

3. Each human being should feel responsible for the whole world, regarding nature, food, resources, pure water, energy, waste etc. We all inhabit one and the same planet and we have to share it fairly and wisely.

4. Every child should be taught how many people we are on earth and that more than 7 billion people do not make life easier on this planet. A reduction of the world population would be better. We all should be conscious about this fact, especially when considering large families.

5. A moment of reflection, introspection every day would abolish many problems, prohibiting misguided actions.

A quantum leap

As human beings, as a collective humanity, we have had enough experience of killing, destruction, robbing, exploitation, etc. We know this, we have lived it for thousands of years.

What we have not achieved yet is how to feed everybody, how to wisely regulate the distribution of all resources to meet the needs of everybody on this planet, how to guarantee a good life for everyone, how to educate all and let life florish and prosper for us all. The only thing we need in order to accomplish this is our collective will. Once we decide we can achieve it.

Let us make that collective quantum leap and let us strive for new goals instead of always repeating the old ways. It is enough. We long for a better life for all, we can clearly see the many lies we live in.

Let us change ourselves and create a beautiful life on earth for all. It is absolutely possible. Now.

Peace speech

We are musicians from various countries, nations and beliefs. The main intention of our music is to bring joy and harmony to people. Music has the power and the possibility to unite people beyond mental concepts and to promote peace.

We ask the political and miltary leaders and all the religious and fanatic fighters of all places of warfare to stop the aggression. We call ourselves civilized, educated, intelligent people. Are we? We have seen two disastrous world wars with millions of people dying. Have we learned from our shared history? We don't believe in warfare as a solution for human problems.

Violating others, in our eyes, is a complete misunderstanding of human life on earth. We are here to learn sharing, respecting and supporting each other in the best way we can. Open your hearts and let compassion rule your thoughts, emotions and daily conduct.

Peace to us all. Thank you.

Global problems

Most global problems are – in my view – problems of consciousness.

All political systems have failed: communism, socialism, capitalism and so on.

All religious systems have failed or are coming to an end, sooner or later.

Because man is growing up. Each individual person must recognise his/her own responsibility for himself, for his community, for his country, for humanity, for Mother Nature.

We are at the threshold of a new era, where man has to mature and find The Source – God, Allah or going by other names – ultimately in himself, and become a conscious and responsible co-creator of life. Hu-man means God-conscious! Do we act humanely?

Up until now, we have gladly given responsibility to political and religious leaders. This time is fading. Yet man is not mature and many leaders fear to lose their power and their actions in many countries are desperate. They have not understood what is really going on, they are afraid to lose control.

We have to recognise the well-being of all people on this planet as our first priority. Doing good to others should be our daily goal.

Wake up !

We have to rethink our human behaviour.

Let us focus on cooperation, support of our mutual human potential, empathy and compassion.

Support each other.

Share.

Love.

We have to leave the old paradigms of fighting behind.

We should see all creation as one, as part of ourselves.

All the damage we do, we do it ultimately to ourselves.

We all create our collective reality.

Let's make life on Earth as beautiful as possible.

Now.

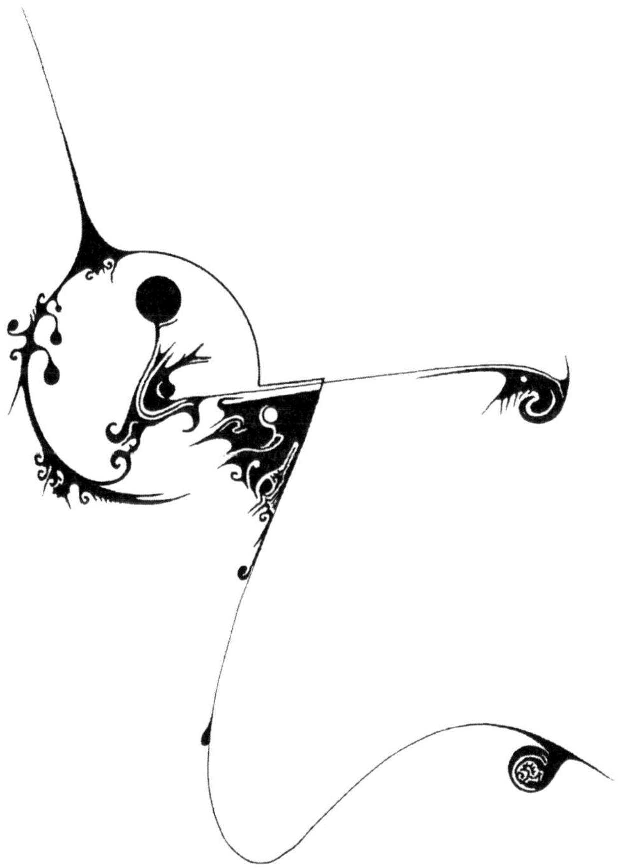

Plädoyer für eine Musik – I (1984)

Eine Musik, die nur für den Augenblick gilt ?

Keiner Vergangenheit, keiner Zukunft Rechenschaft schuldig, Ausdruck einer übergeordneten Schwingung, die sich ständig durch uns den Weg zu bahnen sucht.

Der Musiker als Medium. Sich bereitend, auf dass er zum Instrument des Göttlichen werde. Wach, leicht, offen, durchlässig für höhere Schwingungen, erkennend, was notwendig ist, Wahres von Falschem scheidend, hingegeben.

So übt der Musiker nicht nur sein Instrument, sondern gleichzeitig seinen Geist, seinen Körper als Instrument. Jeder Gedanke, jegliches Tun steht in Beziehung zu seiner Musik. Alles wird zur fortwährenden Vorbereitung.

Plädoyer für eine Musik – II (1998)

Klänge, die tief verborgene und doch so nahe Welten erwecken, die innere Räume öffnen, in denen sich die Zuhörer wiederfinden.

Die Klarheit und Transparenz der Klänge ermöglichen eine unmittelbare Berührung des Lauschenden. So wirkt die Musik wie ein Spiegel des eigenen Bewusstseins. Ja, es wird erlebbar, wie die Musik, die Musiker, die Zuhörer sowie der Raum alle Teil eines Kontinuums sind. Vergangenheit und Zukunft verschmelzen im Jetzt.

Diese Musik entzieht sich jeglicher Klassifizierung. Sie geschieht im Jetzt und hat auch nur im Jetzt ihre wahre Bedeutung. Aufnahmen solcher Klangmomente können folgerichtig nur Erinnerungen sein, musikalische Fotos. Keine Musik zum Träumen, vielmehr eine Einladung zu ganz wachem Dasein.

Eine Musik als Katalysator für klare Bewusstheit. Nichts geschieht, und doch geschieht Wesentliches. Das Unkonventionelle dieser Musik löst alte Strukturen auf und ermöglicht eine Neuordnung, die von einer tieferen, beziehungsweise höheren Ebene des Seins impulsiert wird. Der Verstand kann dies nicht fassen – es geschieht.

Klanggestalten formen sich – Klanggewalten türmen sich auf. Klangstille und Klangfülle umschreiben, was nicht benannt werden kann.

Komplexe Werke

Eine gewisse Komplexität von Musik, Kunst oder Texten ist wünschenswert, interessant, anspruchsvoll, macht neugierig. Aber die Werke sollten zugänglich bleiben, einladend einen Weg zeigen, dem man folgen kann. Wenn sie durch zu große Komplexität, Abstraktion, Intellektualität oder Fiktion den Zugang verwehren, lassen sie den Hörer, Betrachter oder Leser außen vor, verwehren sie das Verständnis und damit die Begegnung, die Kommunion, die Liebe. Doch erst diese wird berühren, erfüllen und inspirieren.

Intuitives Spiel

Immer mehr wird deutlich, wie sehr das Spielen von Intuitiver Musik eine soziale und auch spirituelle Übung ist. Es ist eine Gratwanderung zwischen freiem Selbstausdruck und empathischem, feinfühlendem Miteinander. In diesem Sinne üben wir natürlich das Improvisieren auf vielfältige Weise, aber schulen auch unsere Wahrnehmungsfähigkeit und Bewusstheit im Allgemeinen. Intuitiv meint dann ein umfassendes, spontanes Erkennen des Ganzen, das man gemeinsam zum Klingen bringt.

Zu Beginn eines Konzertes

sagte ich spontan: „Besinnen Sie sich bitte kurz auf das, was Ihnen im Leben am wichtigsten ist.“

– ein Moment Stille –

Ich fuhr fort: „DAS wollen wir jetzt mit unserer Musik stärken.“

Die Quelle

Die Quelle IST und wirkt unablässig, und sie erzeugt Wirkung, Leben. Sie kann nicht verstanden werden, aber sie kann bewusst erlebt, gelebt werden.

Unsere Möglichkeit ist, alles beiseite zu lassen, was den Fluss der Quelle behindert. Im Singen, in der Konzentration auf den Klang, weicht alles andere zurück, wird unwichtig.

Der folgende Schritt ist, auch in der Stille die gelassene Konzentration beizubehalten und sich so der Quelle im Innern bewusst zu werden. Und dann immer, auch im Tun.

Zu meinen Solokonzerten

Es ist mein Wunsch, die Schwingungen der anwesenden Menschen zu erfassen, ihre Gedanken und Gefühle mit meinen Tönen und Klängen abzuholen und wie einzelne Fäden sorgsam zur Seite zu legen, aus der Mitte heraus.

Dann wird das Innere frei, der Blick weitet sich und der unendliche Raum der Leere, des Seins, der Liebe öffnet sich. Das ist alles. Versprechen kann ich es nicht, nur bereit sein dafür.

Es ist ein Shiva–Aspekt: Vorhandene Strukturen werden zerstört, aufgelöst, erlöst, sodass Neues entsteht.

Vom guten Ton

Er hat Charakter, Farbe, Persönlichkeit. Ist ein Wesen, eine Wesenheit. Wie ein Bote einer anderen Welt. Wie ein Fenster, durch das ich in eine Landschaft schaue. Empfindungen werden wach.

Der Ton als Gebilde: Deutlich, greifbar nahe, und doch unfassbar, geheimnisvoll. Wie eine Blume, die im Jetzt erblüht. Immer nur jetzt. Lebendig. Spontan. Schön. Spiegel deiner selbst, deines Innern, DES Innern – von was?

Der Ton kündet vom Unhörbaren. Namenlos, eigenschaftslos wird Es hörbar.

Gesicht Gottes

Für mich ist jeder Mensch ein Gesicht Gottes und trägt in sich die Kraft, die Liebe und das Wissen des Höchsten.

Mit musikalischen Mitteln – die mir am vertrautesten sind – versuche ich anderen zu helfen, die Quelle in sich wieder zu entdecken und ein Gefühl für die eigene Intuition zu entwickeln. Intuitives Musizieren, Singen und Stille sind dazu bestens geeignet.

Singen

Wir wissen, dass alles Leben Schwingung ist. Erde – Wasser – Feuer – Luft – Äther – alle Elemente haben ihren eigenen Rhythmus; ebenso das Licht und mit dem Licht die Farben, dann Gerüche, und der Laut, der Klang – das Wort.

Auch unsere Gedanken und Gefühle sind Schwingungen. Sie durchdringen und umgeben uns und unsere Umwelt. Wir kennen harmonische und disharmonische Schwingungen. Wenn wir unglücklich sind oder matt, deprimiert, hoffnungslos, umgeben wir uns mit negativen Schwingungen. Anders, wenn wir froh sind, glücklich, voll Hoffnung auf die Zukunft. Dann sind wir eine Energiequelle für alle, die um uns sind.

Töne sind Schwingungen, sehr feine, die unsere Umgebung, aber vor allem auch uns selbst zum Schwingen bringen. Wir können uns mit Singen wieder ins Gleichgewicht bringen, und darüber hinaus hohe Kunst schaffen, die der Verehrung des Schöpfers gilt – so wie Johann Seastian Bach es meisterlich tat.

Fangen wir an, uns selbst in harmonische Schwingung zu versetzen. Gelingt uns dies, so wird dadurch die ganze Welt um ein Stück harmonischer, da wir untrennbarer Teil des Ganzen sind.

Vokale beim freien Singen

U – vitale Zone, Unterbewusstsein, Erdverbindung, schöpferische Kraft

O – in sich ruhen in der Wesensmitte, im Hara, auch im Solar Plexus, Kommunikation, Austausch von Energien

A – Herz, Liebe, Gefühle, Mitempfinden, Öffnung zur Welt, Umarmung, auch Bereich der Angst und deren Lösung

E – Kehle, Ausdruck, Sprache, Gesang, Atmung, Schilddrüse – Zeitorgan

I – der hellste Buchstabe, das Licht, Streben, Intuition, Hinwendung zum Geistigen, zum Höchsten, die Verbindung zum Kosmos, Belebung der wesentlichsten Steuerzentren im Körper (Hypophyse, Zirbeldrüse)

Es gibt unendlich viele Zwischenvokale und Zwischenbereiche. Alles zu beleben ist das Ziel, alles mit Licht zu durchfluten, in Schwingung zu versetzen, das ist meine Arbeit mit den Vokalen bei »Singen und Stille«. Sodass wir in all unseren Körpern offen und durchlässig werden (physischer Körper, emotionaler Körper, mentaler Körper, usw.), eine umfassende, ganzheitliche Harmonie (wieder-) herstellen.

Singen und Stille – Wenn die Seele singt

Du lässt alles los, da ist nur noch dein Ton, den du singst.

Gedanken, Gefühle, sie ziehen vorbei, der Körper wird nebensächlich.

Der Ton und du … nur noch der Ton, und wenn er verklungen ist:

Erfüllte Stille.

Sein. Reines Sein. Bewusstes Sein. Gewahrsein. Liebe.

Immer wieder: Singen, Stille, Singen, Stille …

Beim gemeinsamen Singen erlebst du sehr konkret das Nicht-Getrenntsein, die Verbundenheit mit anderen.

Ein Klang, ein Leben, ein Kontinuum von pulsierendem Sein.

Dann wieder Stille, und die Quelle in dir leuchtet auf.

Präsenz – Kreuzpunkt zwischen Sein und Werden

Aus einem Gespräch über künstlerische Prozesse, Sommerakademie Alfter 2016, an der Alanus Hochschule für Kunst und Gesellschaft in Alfter bei Bonn.

Wir gebrauchen das Wort Präsenz, die Gegenwart, das Gegenwärtige, im Gegensatz zu Vergangenheit und Zukunft. Präsent sein – das ist unser Thema. Was könnte Präsenz bedeuten? Ich möchte mich diesem Thema philosophisch-spirituell annähern. Jeder ist präsent auf seine Weise, ob er will oder nicht – er ist da, gegenwärtig und diese grundlegende Gegenwärtigkeit ist anders zu verstehen als eine bewusste Gegenwärtigkeit.

Und das ist es, was wir bei der Musik ganz besonders üben: Auf verschiedenste Weise bewusst, wach da zu sein. Das ist für mich die Kurzform von Präsent-Sein – ein waches, bewusstes Dasein. Und ich sehe da zwei Achsen: eine Kreuzform könnte man sagen. Die senkrechte Achse ist die des Seins, dessen, was jetzt ist, und die horizontale Achse die des Werdens, das, was geschieht, was sich aus dem IST heraus ergibt. Eine Ist-Zeit und eine gemessene Zeit. Und an dieser Schnittstelle, zwischen diesen beiden Dimensionen von Sein und Werden, an der wir alle tagtäglich und in jedem Moment sind – an dieser Achse sich bewusst aufzuhalten, heißt, dass alles, was außen geschieht und was sich im Inneren abspielt, erlebt wird an diesem Kreuzpunkt des wachen Bewusstseins. Das ist der Lebenssinn, immer bewusster zu werden und bewusst erleben und wahrnehmen zu können – und diese Bewusstheit in den lebendigen, schöpferischen Ausdruck zu bringen.

Kunst machen, Kunst üben auch als Wahrnehmungsschulung im Außen, im Werden: Was mache ich, was geschieht da, was gestaltet sich da? – Und im Inneren: Wer bin ich, was fühle ich, was regt sich da in mir, was will in den Ausdruck gelangen? Das sind ja alles Dinge, die sich im Bewusstsein ereignen. Das Bewusstsein ist wie ein großer Raum, in dem alles, was sich ereignet, wahrgenommen werden kann – und dazu gehören alle Formen auf allen Ebenen, dazu gehört meine eigene Person, die ich wahrnehmen kann, dazu gehören die Gedanken, das sind auch Formen, Inhalte im Bewusstsein, die erscheinen und vergehen – alles, was sich da zeigt, kann bewusst wahrgenommen werden. Vieles nehmen wir nicht bewusst wahr, vieles ist unterschwellig, wird erst in der Arbeit bewusst.

Ich kann mir vorstellen, wenn ich eine Woche lang einen Stein bearbeite, dann kommen plötzlich Dinge hoch, derer ich mir vorher überhaupt noch nicht bewusst wurde. Und so ist es auch in der Musik: wir spielen manchmal sehr unreflektiert, aber in einem Zusammenklang bekommen die Dinge eine andere Bedeutung, und wenn wir dann auch noch darüber sprechen, erkennen wir uns besser im Spiegel der anderen. Ich bin herausgefordert in meinem bewussten Dasein – in dieser Präsenz. Ich finde, das ist ein sehr schönes Wort, weil es in einem Nukleus, in einem Kern, ganz viel umfasst.

Wenn ich jetzt spreche, kann ich mir beim Sprechen zuhören – die Worte kommen heraus, ich spüre meine Kehle, ich sehe euch, ich spüre die Raumtemperatur – das sind alles Faktoren, die sich in meinem Bewusstsein abspielen – und ich bin mir jetzt bewusst, bewusst zu sein, präsent zu sein. In der Musik kommt aber noch etwas anderes hinzu, wenn man im „Flow“ ist und so dieses Präsent-Sein erlebt, dass man das irgendwann als etwas Natürliches erkennt, nichts Fantastisches. Es unterscheidet sich von einer gedanklichen Reflexion, denn das ist es nicht, das Präsentsein braucht keine gedankliche Reflexion. Präsenz zu erleben, das ist ein Vorgang, der absolut natürlich ist, der ohne Reflexion sich selbst genügt. Dieses Dasein, Präsent-Sein – man kann darüber reflektieren und im Nachhinein zurückblicken – aber so, wie ich dich jetzt sehe, bin ich präsent. Das ist nichts Großartiges, sondern natürlich. Es kann großartig werden, aber die Großartigkeit kann auch im nächsten Moment wieder verschwinden. Das haben wir ja in der Musik ganz oft – da sind großartige Erlebnisse, und im nächsten Moment sind sie wieder weg, und trotzdem kann die Kontinuität der Präsenz gegeben sein.

Aber auch in Momenten der Wahrnehmung des Egos, das sich manchmal einschaltet, könnte ein Prozess entstehen, zu sagen: Jetzt beginnt mein Gedankenapparat (das Ego) bestimmte Dinge abzuspulen, Kommentare zu machen, Beurteilungen zu geben, in die Darstellung zu gehen, und so fort – das könnte ein weiterer Prozess in der Präsenz sein, dass man sieht: das geschieht gerade, es gehört zu meiner Person, und es wird Teil der umfassenden Wahrnehmung.

Die Frage ist: Wie können wir es schaffen, präsent zu sein? Hat es mit hoher Anstrengung zu tun oder vielleicht auch mit einer Art entspanntem, wachem Dasein im künstlerischen Schaffen?

Musik und Liebe

Ankündigung eines Vortrages in der Akademie Heiligenfeld 2017

Hinter der Welt der Erscheinungen liegt die Welt der Möglichkeiten und Energien, der Wirkkräfte. Je tiefer wir vordringen zur Quelle des Seins, desto mehr nähern wir uns dem Urimpuls der Schöpfung, der Liebe ist und Freude, auch Seligkeit (Ananda) genannt. Alle Beziehungen miteinander, auch die der Töne in der Musik, sind verschiedene Grade von Liebe.

Es ist das göttliche Spiel, sich immer wieder zu verbergen und immer neu in Erscheinung zu treten. Liebe manifestiert sich auf allen Ebenen. Auf der ganz physischen Ebene als Magnetismus, der die Korpuskel miteinander in Beziehung treten lässt, als kosmische Harmonie, die die Planeten und alle Gestirne in göttlicher Ordnung hält, und als Anziehung auf menschlicher Ebene.

Musik hat die Möglichkeit, die mannigfaltigen Formen von Beziehungen und die damit verbundenen Gefühle in sehr schöner und reiner Form auszudrücken. Sie kann tief verborgene Empfindungen zum Ausdruck bringen. Sie vermag die Seele zum Schwingen zu bringen und die göttliche Liebe und Schönheit fühlbar zu machen.

Intuition im Alltag und in der Musik Vortrag Akademie Heiligenfeld 2016

In der Musik – und besonders in der Intuitiven Musik, wie ich sie seit einiger Zeit hauptsächlich spiele – sind die spontane Eingebung, das unmittelbare Erfassen einer Situation und die Schöpfung der Musik das Essenzielle. Einige Dinge sind hierfür Voraussetzung: Die Beherrschung des Instruments, damit dem Fluss der Ideen nichts im Wege steht; ein ruhiger, stiller, klarer Geist; eine gelassene Konzentration und ein absolutes Vertrauen in die Eingebung, die innere Führung, in den Prozess des intuitiven Spiels.

Eines Tages spürte ich, dass der nächste Schritt für mich sei, ein Solokonzert ganz mit Intuitiver Musik zu spielen. Das hatte ich noch nie gemacht. Das war Mitte der neunziger Jahre. Bald wusste ich, dass das geht, dass die Quelle der Ideen unerschöpflich ist und ich mir nie Sorgen machen muss, in Verlegenheit zu kommen – um den nächsten Ton, die nächste Idee. Einzig muss ich ganz bei mir sein, mich nicht ablenken lassen und in steter Konzentration bleiben. Die hatte ich bereits Jahre lang geübt in den schwierigen Werken meines Vaters.

So ist der Prozess des intuitiven Spiels – ähnlich dem Komponieren – folgender: Man versucht genügend ausgeruht zu sein und genügend psychische Energie gespeichert zu haben, dann sammelt man sich. Man beginnt mit einer ersten auftauchenden Idee. Ist keine da, wartet man. Ein erster Ton genügt. Daraus ergibt sich ein zweiter, ein dritter, eine Melodie. Ein Ton folgt dem nächsten, ein Motiv ergibt sich aus dem anderen. Spielt man mit anderen zusammen, ergibt sich sofort ein Geflecht von Wechselspielen, und man ist aufs Äußerste gefordert, wach zuzuhören – außen und innen – und alle Impulse zu verarbeiten.

Das eigene Gefühl, die eigene Phantasie, die Eingebung, das Wahrnehmen der anderen Töne, des Raumes, der anwesenden Menschen – alles schwingt ineinander und führt zum nächsten Ton. Viel stärker als bei der Interpretation komponierter Musik ist in der Improvisation oder eben besonders in der Intuitiven Musik der Augenblick alles, alles gestaltet sich im Jetzt. Daher bezeichne ich diese neue Art zu musizieren auch manchmal als einen Yoga, der ganz sicherlich zu größerer Bewusstheit und Achtsamkeit führt.

Nun muss man nicht meinen, dass man immer wieder beim Nullpunkt anfängt, nein. Der gesamte persönliche Erfahrungsschatz steht unterbewusst zur Verfügung. Zum Glück. Darüber hinaus auch der kollektive Erfahrungsschatz, der dazu führt, dass man in Musik hineinfinden kann, die man von sich aus nie gespielt hätte. Sie ist eindeutig inspiriert von dem, was andere zuvor erfunden haben. Stichwort »morphogenetische Felder«. Ich habe das im Jazz zuweilen erlebt: In einer gewissen musikalischen Stimmung, im Zusammenspiel mit anderen oft sehr guten Musikern, spielte ich einen Stil, der mir eigentlich nicht zu eigen ist, den ich aber spüren und sofort umsetzen und ausdrücken konnte.

Alles, was ich gelernt habe, mein musikalischen Wissen und Können, meine Ästhetik, die sich über Jahre geformt hat, mein instrumentales Können – all das steht mir im Moment des Jetzt zur Verfügung. Auch das Denken spielt eine hilfreiche Rolle, es ist ein Instrument des Erkennens, Wissens und Handelns. Und es existiert der Zugang zu einer übergeordneten Intelligenz, die das Spiel wie mit unsichtbarer Hand führt. Darin liegt ein großes Geheimnis. Als ob höhere Kräfte daran interessiert wären, dass sich bestimmte Situationen, musikalische Zusammenkünfte, harmonisch gestalten – von einer Strahlkraft durchwebt. Wenn der Musiker bereit ist und das auch will.

Wie gestaltet sich nun die Intuition im Alltag? Es ist eine Verbundenheit mit einem höheren Bewusstsein in uns, einer anderen Perspektive, die sich über die alltäglichen, zeitlich-räumlichen Gegebenheiten erhebt.

Wenn wir unsere Antworten und Lösungen ausschließlich aus den äußeren Gegebenheiten, aus alltäglichen Situationen ableiten, werden wir stets nur begrenzte Antworten finden, werden wir das Gewohnte wiederholen. Dies sieht man heute immer wieder sehr deutlich, wie alte, verhärtete Strukturen geradezu zwanghaft wiederholt werden, aus Angst vor dem Neuen. Kollektiv ringen wir um den Fortschritt. Wenn wir uns jedoch von den äußerlichen Bedingtheiten lösen und uns mit dem unendlichen, zeitlosen Bewusstsein in uns – das wir letztlich sind – verbinden, dann gelangen wir zu ganz anderen Einsichten, Schlüssen, Ergebnissen.

Erst im Überschreiten aller Bedingtheiten öffnet sich eine höhere, eine weitere, eine ganz andere Sicht. Sie erlaubt das Einströmen von Wahrnehmungen, von Informationen, die sich aus einer Ganzheit speisen, immer frisch, immer passgenau zu der jeweiligen Situation im Alltag. Das klingt groß, ist aber unspektakulär, und geschieht oft ganz spontan.

Ein Blick auf die Bewusstseinsentwicklung der Menschen auf der Erde: Wie lange braucht es, ehe wir uns individuell entwickeln; wie kurz ist doch ein Leben! Erst durch unzählige Erfahrungen und wiederkehrende Existenzen entwickelt und differenziert sich unser Empfinden und Denken, ehe es fähig wird komplexe Strukturen zu erfassen und feine Gefühle zu empfinden. Dazu muss eine Reinheit des Herzens und der innersten Absicht kommen, sonst wird man schlussendlich doch fehlgeleitet.

Die größten Denker, Künstler, Wissenschaftler hatten immer eine komplexe, reife Persönlichkeit, die ihnen eine umfassende Intuition ermöglichte, sodass sie Dinge schufen, die für uns alle wegweisend sind. Und auch dann waren sie manchmal nicht gefeit vor falscher oder unvollkommener Wahrnehmung. Menschsein will gelernt sein. Ein einfach strukturierter Geist wird einfache Ideen empfangen und wiedergeben, ein hochdifferenzierter Geist kann ganz andere Zusammenhänge sichtbar machen. Goethe, Johann Sebastian Bach, Einstein, Humboldt, Albert Schweitzer und viele andere haben unsere Kultur geprägt. Wie hoch entwickelt müssen die Wesen sein, die ein so fantastisches, komplexes Ökosystem wie unsere Erde geschaffen haben und weiter im Lot halten?

Die Intuition entspringt einem höheren Bewusstsein, einer geistigen Vertikale, die sich heraushebt aus der Horizontale des uns umgebenden kollektiven Bewusstseins. Dieses Bild möchte ich gerne vertiefen. So steht die Horizontale für das Weltliche, das räumlich-zeitliche Geschehen, die Vertikale hingegen für die zeitlose, im Jetzt einströmende kosmische Kraft und Intelligenz. Der Mensch also im Kreuzungspunkt von Zeit und Ewigkeit. Im Körper, oder noch schöner gesagt, im Herzen, begegnen sich diese beiden Dimensionen, die körperlich-materielle, und die geistig-spirituelle. Ein erwachtes Herz lebt und empfindet in der Welt, inspiriert von der überweltlichen Intelligenz. Diese waltet mit unermesslicher Güte und Weisheit in allem. Wir sind Teil dieser Intelligenz.

Es ist dieselbe Intelligenz, die alles Leben unentwegt in Gang hält und erneuert, die Quelle allen Lebens. Wie werde ich mir dieser anderen, fundamentalen Dimension in mir bewusst? Wie kann ich für sie durchlässig werden, sie beständig im Alltag erleben, anwenden, erinnern, sodass sie als meine wahre Natur erkannt wird, immer zugänglich, immer präsent? Darauf haben alle spirituellen Wege versucht Antworten zu geben. Letztlich ist es ein individueller Bewusstwerdungsvorgang.

Es geht also um ein Verlagern des Bewusstseins weg von der ständigen und alleinigen Koppelung an die Außenwelt, zu der auch unsere Gedanken gehören, hin zum immer präsenten, stillen Innenraum. Ein Spagat: Nach innen wie nach außen gleichermaßen wach zu sein. Erst durch beständige Erinnerung und Übung kann dies gelingen, und dann mehr und mehr als natürlich und eigentlich einfach empfunden werden, weil diese Dimension immer verfügbar ist, immer direkt, spontan, immer richtig.

Ein klarer, stiller Geist führt mich zur Intuition. Wie erlange ich ihn? Indem ich den Geist zur Ruhe bringe, ihn immer wieder reinige von allen Vorstellungen und Anhaftungen, allen Identifikationen. Das muss geübt werden. Dem kollektiven Gedanken- und Emotionssog zu entfliehen und das Eigene wirklich zu spüren, ist gar nicht so leicht. Es bedarf einer Vorbereitung und einer inneren

Ausrichtung auf das Höhere in uns. Das Mentale, also unsere Denkfähigkeit, bedarf einer Weitung, und ebenso sollte unsere Empfindungsfähigkeit immer differenzierter werden. Ein geistiger Schulungsweg, ein integraler Yoga also, der alle Lebensbereiche erfasst und uns vorbereitet, um höhere Schwingungen aufnehmen zu können, ja überhaupt erst spüren zu können.

Meditation, Yoga, Singen – viele Wege stehen uns heute offen. Schon kurze Momente der Stille, des Innehaltens während des Tages, helfen, sich innerlich anzuschließen, bis wir eines Tages fortwährend durchlässig, angeschlossen, also bewusst sind. Dann kann die Intuition ganz natürlich von innen her aufleuchten, als klare Eingebung, als greifbar zu Erkennendes.

Ein stiller Geist ist in Frieden. Wahre Friedensarbeit ist die Transformation der eigenen Natur. Intuition ist ein Anvertrauen an die Führung des inneren Weisheitsgeists, frei von fremder Beeinflussung. Dann stehen die kleinen Dinge der alltäglichen Handlungen gleichgefühlt neben den großen, weitreichenden Entscheidungen, die unser Leben in immer neue Bahnen lenken.

Abschließend die Worte eines lieben Lehrers, die sowohl auf den Alltag wie auch die Musik bestens zutreffen: »Es genügt, den nächsten Schritt zu erkennen und zu handeln.« Analog in der intuitiven Musik: Den nächsten Ton. Und dann erscheint der folgende. In tiefem Vertrauen lenken wir ein in den Strom einer umfassenden, überweltlichen Intelligenz, die alles weise gestaltet und inspiriert. Der Quelle in mir, in dir, in Allem.

Each Man

Each man – each musician has a high creative potential, because he or she is connected with the source of all existence. You can call this the »vertical« connection. The horizontal connection is that which connects us to all known forms and traditions.

To make an effort again to connect to those »higher« (or inner) spheres of consciousness, to become a better and better instrument in the hands of »that« reality is my declared aim in music making. And its effect, whenever »it« happens, is overwhelming, full of exciting, spontaneous energy of the »now«, full of love, joy and beauty.

Rejoice (1989)

The time has come
that you shall remember
who you are.

Forever have you been
and shall eternally be.

You have come
to feel the joy of creation,
to see its beauty
and infinitely love
all there is.

For all is thyself
in myriad forms.

Each moment you create yourself
and a thousand worlds around.

Your being is bliss,
perfection and light.

Rejoice my friend,
Rejoice

Tägliche Affirmationen

Gesundheit und Kraft in all meinen Zellen.

Harmonie und Schönheit in all meinen Zellen.

Göttliches Licht in all meinen Zellen und Körpern.

Göttliche Liebe erfüllt mein ganzes Wesen.

Göttliche Weisheit erfüllt meinen Geist.

Freude, Vertrauen und Zuversicht in meinem Gemüt.

Vollkommenheit in Allem was Ich Bin.

Ich Bin die Quelle des Guten,
nur Gutes geschieht durch mich.

Liebe, Glück und Frieden allen Wesen.

Foto: Herrmann Willers

Über den Autor

Zum ersten Mal veröffentlicht Markus Stockhausen ein Buch mit eigenen, oft sehr persönlichen Texten. Seine Zeichnungen entstanden zwischen 1974 und 2019.

Als Trompeter und Komponist zählt er international zu den vielseitigsten Musikern unserer Zeit und ist bekannt als musikalischer Grenzgänger. Von 1975 bis 2001 arbeitete er intensiv zusammen mit seinem Vater, dem Komponisten Karlheinz Stockhausen, der zahlreiche Werke für ihn schrieb. Als Solist stand er u.a. in dessen großen musikdramatischen Werken aus »LICHT« auf den Bühnen der Mailänder Scala, der Londener Oper Covent Garden und vielen Bühnen weltweit.

Mit eigenen Musikprojekten konzertiert Markus Stockhausen weiterhin international. Eng verbunden ist er mit Musikern wie Tara Bouman, Florian Weber, Christian Thomé, Angelo Comisso, Jörg Brinkmann, Simon Stockhausen, Ferenc Snétberger, Patrice Héral, Arild Andersen, Alireza Mortazavi, Rabih Lahoud u.a. Er komponierte für die 12 Cellisten der Berliner Philharmoniker, die London Sinfonietta, das Metropole Orkest, die Hamburger Symphoniker, das WDR Funkhausorchester u.a. 2005 wurde er ausgezeichnet mit dem WDR-Jazzpreis als bester Improvisator, 2017 erhielt er die Silberne Stimmgabel des Landesmusikrates NRW, 2018 den Echo Jazz Preis und den JTI Jazz Preis Trier.

Er gibt viele Seminare zum Thema »Intuitive Music and More« und »Singen und Stille«. Sein Interesse gilt der »Transformation durch Klang«. Mehr als 90 CDs veröffentlichte er in 45 Jahren musikalischen Schaffens.

www.markusstockhausen.de

Inhalt